Über den Autor:

Murad Durmus, geboren im schwäbischen Herren-
berg, studierte Informatik und Philosophie. Er lebt
seit 2004 in Frankfurt am Main.

Autorenhomepage: **www.murad-durmus.de**

Murad Durmus

PANOPTIKUM

DEUTSCHLAND DEN TÜRKEN

Bibliografische Information Der Deutschen Bibliothek:
Die Deutsche Bibliothek verzeichnet diese Publikation in
der Deutschen Nationalbibliografie; detaillierte
bibliografische Daten sind im Internet über
<http://dnb.ddb.de> abrufbar.

© 2007 Murad Durmus
Lektorat: Aynur Dağdelen

Herstellung und Verlag:
Books on Demand GmbH, Norderstedt

ISBN-13: 978-3-8334-9859-6

Für ein buntes Deutschland

Inhalt

Erstes Kapitel

Warum Harald seinen Job als Goldwäscher aufgab
und nach Deutschland zurückkehrte

Vor über zehn Jahren unternahm Harald eine Forschungsreise nach Alaska. Er wollte die Geschichte der ehemaligen deutschen Goldgräber entlang des Yukon Rivers erforschen. Wie viele Deutsche hatten es damals zu Reichtum gebracht? Hat es überhaupt einer zu Reichtum gebracht? Diese und weitere Fragen plagten damals Haralds großen Kopf, nachdem er jahrelang vergeblich versucht hatte die Quantentheorie zu verinnerlichen. Er hatte zwar den Formalismus der Quantentheorie verstanden, aber deren mögliche Interpretationen trieben ihn in eine ernsthafte Sinnkrise.

Angesetzt waren maximal zwei Monate. Mehr war in den Kassen des damaligen Deutschen Forschungsinstituts einfach nicht drin. Harald war der Meinung, dass die zwei Monate mehr als genug wären. Von seiner Familie verabschiedete er sich erst gar nicht, denn was sind schon zwei Monate dachte er sich. Verglichen mit dem Alter des Universums war das nicht einmal ein Wimpernschlag. Auf seinem Weg nach Alaska zählte er seine Wimpernschläge und kam auf die astronomische Summe von 3.141.592.653.

Die Reise fing schon vielversprechend an. Da Harald zuvor die ganze Geschichte Alaskas studiert hatte und von dieser überaus angetan war, beschloss er aus Respekt gegenüber diesem Territorium seine Anreise über die alte Route zu nehmen. Diese führte über die frühere russische Hauptstadt Sankt Petersburg, quer östlich durch das Land über den Tschucktschensee. Zudem weilte er noch eine Weile in Sankt Petersburg, lernte russisch, las das Buch ‚Schuld und Sühne' noch einmal - wohlgemerkt auf russisch. Seine Vermutung bestätigte sich. Das Buch in der Originalsprache zu lesen und dabei am Handlungsort zu sein potenzierte die Erlebnisqualität des Gelesenen um ein vielfaches.

Als Harald nach ungefähr drei Jahren seinen Fuß auf Alaska setzte, wollte er es nicht wahrhaben, dass die Amerikaner dieses wunderschöne Land am 30. März 1867 für lächerliche 6,8 Millionen Dollar von dem damaligen Zarenreich abgekauft hatten. Wahrscheinlich hatten es die Russen nur notgedrungen verkauft, um ihre Spielschulden begleichen zu können, dachte er sich.

Harald nahm sodann sehr gewissenhaft seine Arbeit auf und ging den Spuren der legendären Goldwäscher nach. Sein Ziel war die einstige Hochburg Dawson City. Unterwegs traf er immer wieder auf Ruinen bzw. verlassene Holzhütten der ehemaligen geldgeilen Abenteurer. Auf deutsche Spuren war er jedoch noch nicht gestoßen. Sein Vorrat an Essen neigte sich dem Ende zu. Deshalb beschloss er sich an der nächsten halbwegs gut erhaltenen Hütte einzunisten. Drei weitere Tage vergingen bis Harald schließlich sein neues Zuhause fand. Die Hütte war auf einem kleinen Hügel gebaut. Von außen sah alles wie neu aus. Als Harald das Holz, mit der die Hütte errichtet worden war, genauer untersuchte kam er zu dem Ergebnis, dass die Hütte aus deutscher Eiche gebaut worden war.

„Welcher Verrückte transportiert denn Eichenholz aus Deutschland bis an den abgelegensten Winkel der Erde?" fragte er sich. Er kam zu dem Entschluss, dass es nur ein Deutscher gewesen sein konnte. Keine andere Nation hatte ein höheres Qualitätsbewusstsein als die Deutschen. Seine Vermutung bestätigte sich, als er die German Hütte betrat. Der Innenraum war zweckmäßig eingerichtet. Der einstige Bewohner hatte es in einem ausgesprochen guten Zustand verlassen. Als Harald die Tür hinter sich schloss, fiel ihm sofort das Messer auf, welches von innen in der Türe steckte - es durchbohrte unübersehbar einen Zettel.

„Gold habe ich nicht gefunden. Einsamkeit und Frust wurden meine besten Freunde. Vermisse am meisten das deutsche Brot ... unterschätzen Sie diesen trostlosen, utopischen Ort nicht ... gehen Sie lieber an Orte, an denen aus Schornsteinen der Rauch nur so empor steigt ...

Es grüßt sie herzlichst,

Gottfried Goldloser."

Beim Lesen der Nachricht musste Harald auflachen; vor allem über den Namen des Verfassers.

„Mit so einem Namen sollte man wirklich nicht auf Goldsuche gehen!"

Er legte den Zettel vorsichtig in sein Notizbuch und inspizierte daraufhin sorgfältig die Hütte. Er fand so einiges: Spitzhacke, Schaufel, Goldwaschpfanne und vieles mehr. Das interessanteste aber was er fand, waren drei unvollständige Abhandlungen mit den Titeln:

1. Der Goldrausch und deren Auswirkungen auf die menschliche Psyche und Physis
2. Wieso der deutsche Geist besser für das Erfinden als für das Goldsuchen geschaffen ist
3. Brot vs. Gold

Die letzte Abhandlung bestand nur aus der Überschrift und einem einzigen Wort: Heureka[1]! Harald dachte lange darüber nach was der Verfasser damit sagen wollte.

Von da an begann Harald das Leben des Gottfried Goldlosers nachzuahmen. Zuerst hatte er sichtlich Schwierigkeiten mit dieser Lebensart. Doch als er nach zirka sechs Monaten seine ersten kleinen Goldnuggets rausspülte, wurde auch er vom Goldfieber erfasst. Das Fieber hatte nach seiner Meinung etwas äußerst dekadentes. Von morgens bis abends schüttelte Harald die Pfanne und sang dabei fröhliche Lieder:

---

1 Angeblicher Ausruf des griechischen Mathematikers Archimedes bei der Entdeckung des hydrostatischen Grundgesetzes

Gold, Gold, Gooold,
Du bist sooo hooold.

Bleibst in meinem Siebe stecken.
Ich werde daraufhin meine Finger lecken.

Durch dich werde ich reich,
reicher als der reichste Scheich.

La la la ...

Eines Tages, als er gerade wieder am Goldwaschen war, sah er in der Ferne den Umriss eines Mannes. Seit Monaten war Harald keinem Menschen mehr begegnet. Er winkte ihm sofort zu, dieser jedoch erwiderte seine Geste nur schwerfällig. Der Mann, der aussah wie ein Sheriff, trabte äußerst langsam in seine Richtung. Er trabte so langsam, dass Harald irgendwann wütend wurde und ihm entgegenlief. Das erste was der Mann zu ihm sagte:
„Sind Sie Harald Deutscher?"
Verdutzt entgegnete ihm Harald:
„Ja, wieso? Woher kennen Sie meinen Namen?"
Langatmig und etwas qualvoll antwortete der Sheriff:
„Man sucht Sie schon seit einer Weile. Das Postamt bewahrt seit Monaten ein Dutzend Briefe für Sie auf. Packen Sie Ihre Sachen. Wir müssen los ehe die Dunkelheit einbricht."

In Dawson City angekommen, gingen sie sogleich zum Postamt. Sie läuteten an der Türe, und es dauerte genau 3,14 Minuten bis eine alte Frau ihnen öffnete.

„Ist das der verschollene Deutsche?"

fragte sie sichtlich gelangweilt den Sheriff. Der Sheriff antwortete nicht und nickte nur leicht. Dann holte die Frau aus einer Schublade einige Briefe hervor.

„So, diese Briefe sind alle an Harald Deutscher adressiert. Sie sind doch Harald Deutscher?"

Harald antwortete nicht. Er nahm ungläubig den Batzen in die Hand und setzte sich damit auf einen Stuhl.

„Der muss ja ein bedeutender Mann sein dieser Deutscher."

murmelte die alte Frau interessiert und schaute dabei den Sheriff an. Dieser nickte wieder nur.

Unterdessen versuchte Harald die Schnur zu lösen. Je mehr er sich anstrengte desto ungeduldiger wurde er. Schließlich erlöste ihn der Sheriff, indem er ihm sein Messer reichte. Kaum waren die Briefe für ihn zugänglich, las er zuerst die Absender. Evelyn Deutscher (Haralds Mutter), das Deutsche Forschungsinstitut, GEZ und Karl-Gustav Deutscher (Haralds Vater). Die letzten drei Briefe waren ausschließlich von seinem Vater.

„Sie wollen doch nicht etwa hier alle Briefe lesen?"

wollte die alte Frau mit besorgter Stimme von Harald wissen. Ohne auf die Frau zu reagieren, beschloss Harald den Brief mit dem jüngsten Absenderdatum zu öffnen.

Lieber Sohn,

ich hoffe Du bist noch am Leben. Wir haben vergeblich nach Dir gesucht und haben schon fast die Hoffnung verloren Dich eines Tages wieder zu sehen. Nichtsdestotrotz schreibe ich Dir, da es als Vater meine Pflicht ist niemals die Hoffnung aufzugeben. So hoffnungslos auch die Situation sein mag. Seit Du Deutschland verlassen hast, ist hier so einiges passiert. Ich fasse mich kurz. Unsere Heimat ist nicht wieder zu erkennen. Du weißt ja, dass in Deutschland eine Menge Türken leben. Die Zahl der Türken hat sich seither verzehnfacht. Die türkischen Frauen sind wahre Gebärmaschinen; Kinderproduktion am Fließband, sage ich Dir. Sie schmeißen die Kinder raus wie der Automat die Zigarettenschachtel.

Diese Türken haben schleichend unser Land erobert. Wie das genau passieren konnte, ist mir bzw. uns bis heute ein Rätsel. Viele meinen, dass der Untergang von Bayern den Startschuss für diese schleichende Invasion war. Mittlerweile wird in den Schulen die Osmanische Geschichte als Hauptfach gelehrt (wehe einer verweigert den Unterricht; demjenigen drohen mindestens zwei Jahre Haft im türkischen Gefängnis). Die Städte sind übersät mit Moscheen, verrauchten Cafés, Döner-Buden, Satellitenschüsseln, Wettbüros, usw. Wir (die Deutschen) sind in den östlichen Teil Deutschland vertrieben worden. Die anderen Ausländer sind in ihre Heimat geflüchtet. Viele von uns sind ausgewandert. Diese Auswanderungsreportagen sind nicht minder

Schuld an dieser Misere. Diejenigen, die geblieben sind, sind entweder zum Türkentum konvertiert oder ordnen sich ihnen bedingungslos unter. Momentan können wir Ostberlin noch verteidigen, indem wir ununterbrochen auf den Straßen deutsche Volksmusik spielen und Schweinewürstchen braten. Der Geruch vom Schwein scheint die beste Waffe zu sein um sie fern zu halten. Wie lange wir noch standhalten können, ist fraglich. So langsam gehen uns die Schweine aus! Die Vereinigten Staaten sind nicht in der Lage uns zu helfen, denn sie wollen nur intervenieren, wenn Öl für sie rausspringt. Sauerkraut und Autos Made in Germany sind leider auch nicht mehr so gefragt wie früher. Das liegt sicherlich auch daran, dass die Türken die Autos jetzt bauen. DaimlerChrysler heißt jetzt Dayımlar[2] (Immerhin haben es die Türken geschafft Chrysler schnell abzuschütteln) und BMW.... Ich höre lieber auf, denn die Veränderungen seit Deiner Abreise scheinen gegen das Unendliche zu konvergieren. Du weißt ja, ich bin allergisch gegen das Unendliche. Angefangen hat es damit, dass Deine Mutter einmal zu mir sagte:'Ich liebe dich unendlich Karl-Gustav'. Seitdem kann ich mich nicht mehr mit der Infinitesimalrechnung befassen. Dieses Gebiet war doch einst meine Leidenschaft... ich komme vom Thema ab.

Die Vereinten Nationen haben ihre Hilfe zwar zugesagt, aber sie gehen davon aus, dass sie erst in den kommenden drei Jahren einen Beschluss fassen können. Die Bürokratie und die interne Korruption machen ihnen un-

---

2 „Meine Onkel", mütterlicherseits.

endlich zu schaffen.

Ich hoffe, dass Du diesen Brief möglichst bald erhältst Sohn und uns zur Hilfe eilst. Wenn jemand uns von diesen Neo-Osmanen befreien kann, dann bist Du das.

Dein Dich rational liebender Vater Karl-Gustav

P.S. Unsere neugewählte Bundeskanzlerin ist übrigens eine promovierte Quantenphysikerin. Ich denke, dass wird Dich interessieren.

„Deutschlands Oberhaupt war eine Frau!"
Das freute Harald sehr, denn er hielt die Frauen für weit intelligenter als Männer. Frauen waren nach seiner Meinung viel empfänglicher und hatten einen größeren Spürsinn für aufkommende Missstände. Doch, dass sie mal Quantenphysikerin gewesen war, beunruhigte ihn zutiefst. Quantenphysik führte früher oder später jeden Menschen in eine Sinnkrise. Das war einer der wenigen Lebensmaximen von Harald.
Im Briefumschlag war außer dem Brief noch etwas. Sein Vater hatte ihm noch Bargeld mitgeschickt. Die Scheine entlockten sogleich Haralds bärtigem Gesicht ein Lächeln.
Kurz vor der Abreise fragte er den Sheriff noch etwas:
„Wie viele Deutsche haben es mit der Goldsuche zu Reichtum gebracht?"
Der Sheriff aß gerade genüsslich ein mit Schinken und Gewürzgurken belegtes Brötchen. Er hielte es Harald direkt vor die Nase.

„Nein danke, ich habe keinen Hunger",
entgegnete er dem Sheriff und drückte das Brötchen von
sich weg. Der Sheriff lachte daraufhin und Harald musste
widerwillig den Anblick von zerkautem Schinkenbrötchen
ertragen.

„So weit ich weiß, hat es kein Deutscher mit Gold zu
Reichtum gebracht. Aber zu Zeiten des Goldrausches haben einige ein Vermögen mit Brötchen gemacht. Dagegen
waren die Erträge der Goldwäscher Peanuts. Eins muss
man lassen. Die Deutschen sind wirklich ein kluges und bescheidenes Volk. Ein Volk, das zuerst nachdenkt bevor es
handelt. Ihre nebulöse Bescheidenheit und Zurückhaltung
ist jedoch angsteinflößender als die Drohungen der Russen
und der Iraner zusammen.

Die Deutschen sind ein Volk, das man nie aus den Augen
lassen sollte... diesen Fehler werden die Amerikaner nicht
noch einmal machen ...,,

Während der Sheriff seine ganzheitlichen Spekulationen,
die Geschichte und Politik betreffend formulierte, waren
Haralds Gedanken schon ganz woanders.

„Hmm, interessant. Brot für die Goldwäscher. Der
Goldrausch macht den Menschen sehr hungrig ..."
dachte sich Harald.

„Was für eine grandiose Idee - Heureka!"
Jetzt wusste er auch was Gottlob Goldloser in seiner letzten
Abhandlung ,Brot vs. Gold' damit gemeint hatte. Er holte
sein Moleskin, das mittlerweile mit utopischen Einträgen
übersät war, aus der Tasche hervor und schrieb auf die letzte Seite:

Kein Deutscher brachte es zu Reichtum mit Gold. Sie machten dagegen verdammt viel Zaster mit Brötchen. Insbesondere der geniale Gottlob Goldloser. Heureka!

q.e.d.[3]

Für einen Moment fühlte sich Harald womöglich wie Euklid, als dieser die Irrationalität der Zahl $\sqrt{2}$ bewiesen hatte.

„Die tiefen Geheimnisse der Geometrie liegen in weiter Ferne, aber Deutschland dagegen nur einige Flugstunden", lautete seine neu entfachte Motivation.

Auf nach Deutschland!

---

3 lat. quod erat demonstrandum, bed.: was zu beweisen war

Zweites Kapitel

Die erste frontale Begegnung mit dem Türken Ahmet
und zehn Millionen weiteren

Von Dawson City wegzukommen war gar nicht so einfach, wie zunächst gedacht. Harald brauchte allein drei Tage bis er nach Seattle gelangte. Mit gemischten Gefühlen, ohne genau zu wissen was ihn in Deutschland erwarten würde, machte er sich auf den Weg zum Tacoma International Airport. Von dort aus wollte er die nächste Maschine in die Heimat nehmen. So wie es für einen Deutschen die Regel sein sollte, vielmehr um seinen dezimierten Patriotismus wieder zu beflügeln, suchte er umgehend den Lufthansa Schalter. Doch er wurde nicht fündig. Er fragte daraufhin einen vorbeilaufenden Flughafenmitarbeiter der nur so vor Kompetenz strahlte.

„Entschuldigen Sie bitte, wo finde ich denn den Lufthansa Schalter?"

Der Mann überlegte kurz, runzelte mit der Stirn, fasste sich an sein Kinn und knurrte leise.

„Ah, Sie meinen sicherlich die Fluggesellschaft Lufthamza[4]."

„Luft..., was? Nein, ich meine Lufthansa. Die berühmte Deutsche Fluggesellschaft."

---

4 In dem Wort „Lufthamza" steckt der türkische Männername Hamza.

„So hieß sie früher. Jetzt heißt sie Luft-h-a-m-z-a. Ihr Erkennungszeichen ist ein Kranich mit Kopftuch. Ursprünglich war es nur ein Kranich. Die Industrie ist heutzutage nun mal schnelllebig. Jedes Jahr kommen ein Dutzend neuer Fluggesellschaften und genauso viele verschwinden auch wieder. Aber nichts für ungut. American Airline hat es schlimmer getroffen. Sie heißt jetzt ‚Atta-Airline'. Die patriotischen Amerikaner nennen sie jedoch Double A. Sogar die New York Times nennt sie so... Geld regiert nun mal die Welt, my friend!"

Sollte er den Worten des Mannes glauben schenken? Wenn man es nicht wusste, so blieb einem nichts weiter übrig als es zu glauben:

Ubi defecerit ratio, ibi est fidei aedificatio[5]

Harald bedankte sich höflich und hielt sogleich Ausschau nach einem Kranich mit Kopftuch und wurde auch schnell fündig. Während die Schilder ihn zum Schalter lotsten, kamen ihm noch einmal die Worte des Vaters in den Sinn.

„Was wird mich wohl in Deutschland erwarten? Hat der Vater womöglich doch nicht übertrieben? Sah es wirklich so schlecht aus für die Deutschen in Deutschland? Vielleicht wollte Vater mich mit seinem letzten Brief nur nach Hause locken …?"

---

5 „Wo die Erkenntnis aufhört, da fängt der Glaube an"

Harald musste sich aber eingestehen, dass seine Neugierde viel größer war als die Besorgnis. Er versuchte die Besorgnis, so gut es nur ging, künstlich aufrecht zu erhalten.

Am Schalter von Lufthamza angelangt, begrüßte ihn eine reizende dunkelhaarige Frau:

„Merhaba, wie kann ich Ihnen weiterhelfen?"

Die Begrüßung ‚Merhaba' verwirrte Harald.

„Äh... ich hätte gern ein Ticket für die nächste Maschine nach Berlin."

Die Frau lächelte.

„Also nach Neu-Istanbul?"

„Nein, nach Berlin bitte."

Sie schüttelte den Kopf und tippte dabei zirka 314 Zeichen in den Computer bis sie dann schließlich Harald das Ticket überreichte.

„Das Check-in ist in zirka drei Stunden am Gate 3/14. Ich wünsche Ihnen einen angenehmen Aufenthalt in Neu-Istanbul, Herr Deutscher!"

Harald schaute sie grimmig an und war gerade dabei etwas zu sagen. Doch die junge Frau kam ihm zuvor.

„In Berlin, salak[6]!"

Die Maschine war nur halb voll. Der größte Teil der Passagiere, so schien es, waren Geschäftsleute. Harald hatte lauter Türken erwartet. Die Ansage des Piloten erfolgte auf Englisch, Deutsch und Türkisch. Die Maschine beschleunigte und setzte zum Abflug an. Das Flugzeug knirschte, wackelte heftig und von irgendwoher drang Luft herein.

---

6 Idiot

Harald hatte die Lufthansa Maschinen in einem relativ besserem Zustand in Erinnerung. Als das Flugzeug endlich in die waagerechte Position überging, strömten auch schon die Stewardessen heraus. Es stand nur ein Menü zur Auswahl: Schwarztee in kleinen wohlgeformten Gläsern, Börek gefüllt mit Schafskäse oder Hackfleisch, Oliven und zum Nachtisch Baklava. Harald fand das Essen köstlich. Er verlangte Nachschub und bekam auch reichlich. Die hübschen Stewardessen waren sehr zuvorkommend und hatten uneingeschränkte Geberlaune. Je mehr Harald verlangte, desto freundlicher wurden sie. „Eigentlich ein Paradoxon", dachte er sich. Gesättigt lehnte er sich schließlich zurück, nahm die F. A. Z. in die Hand und versuchte den holprigen Flug durch Lesen zu glätten. Kaum die Zeitung aufgeschlagen, wurden seine Augen auch schon mit einer seltsamen Schlagzeile konfrontiert.

Voller Stolz hat gestern der Bürgermeister von Berlin, Mehmet Kantürk[7], die 314159 Moschee am Pariser Platz eingeweiht. Die ,Neue Moschee' stellt somit die Krönung aller Moscheen dar und ist das neue Wahrzeichen der Stadt. Über zehn Millionen Türken waren Zeugen der Zeremonie. Die Restlichen verfolgten das Spektakel über Satellitenfernsehen. Sogar die Wettbüros hatten während der Feier geschlossen. Der Bürgermeister beendete seine Rede zur Freude aller Bürger mit den Worten: FREIDÖNER FÜR ALLE! ...mehr auf Seite 3

---

7 Bluttürke

Harald war geschockt.

„Was ist denn mit dem Brandenburger Tor passiert?"
stotterte er mehrmals leise vor sich hin. Er schaute sich
das prachtvolle Bild der Moschee genauer an. Vom
Brandenburger Tor war nichts zu sehen. Der Pariser Platz
hatte sicherlich nicht genügend Platz für beide zusammen.
Sofort sah er nach, wer die Herausgeber der F. A. Z. waren.
Die Namen der Herausgeber waren reich an Umlauten.

„Was ist bloß mit den Herren Schirrmacher und
Nonnenmacher geschehen?"

Was Harald zu dieser Zeit nicht wusste war, dass zwar beide immer noch bei der F. A. Z. tätig waren, jedoch nicht
mehr als Herausgeber, sondern als Lektoren. Ab und an
versuchten die Herren Nonnenmacher und Schirrmacher
in die Artikel versteckte Botschaften bzw. Hilferufe zu plat-
zieren. Wie etwa:

„Die deutsche Sprache wurde gestern offiziell zu
den bedrohten Sprachen der Welt aufgenommen. Die
Verantwortlichen in Deutschland signalisierten sogleich
ihre Besorgnis, ganz besonders die neue Osmanische
Fraktion im Parlament. Da die Osmanen seit jeher auf
Kultur und Tradition großen Wert legen, haben sie beschlossen, sich der Bedrohung mit allen legalen und illega-
len Mitteln zu stellen. Leider ist die Regierung zurzeit mit
der Verstaatlichung der Wettbüros und Döner Produktion
mehr als genug beschäftigt. Unterstützung aus dem
Ausland bzw. eine Entsendung eines Task-Force Teams
oder vergleichbarem sind von Seiten der Verantwortlichen

jederzeit willkommen. Die Bundeskanzlerin wollte sich ebenfalls zu diesem Thema äußern, jedoch ist sie immer noch im Urlaub und wird wohl erst nächstes Jahr dazu Stellung nehmen können ...„

Die Zensur hatte schnell Wind davon bekommen und kontrollierte die beiden seit dem akribischer denn je. Nur noch ein Mann von Diderots Klasse hätte versteckte Botschaften an den Zensoren vorbeijubeln können, denn:

„Diderot ist Diderot, ein einzig Individuum.[8]"

Harald war noch immer fassungslos über die Tatsache, dass nun auf dem Pariser Platz eine Moschee stand. Zudem noch die Größte und Imposanteste. Er musste jetzt unbedingt mit jemandem reden bzw. einen zweiten Bericht einholen. Neben ihm saß ein asiatischer Geschäftsmann, der sehr gut deutsch sprach. Schon seit zwanzig Minuten zeichnete er mit seinem Diktiergerät, mit halb weinender und halb lachender Stimme, irgendwelche Kennzahlen und Produktnamen auf.
„Entschuldigen Sie, dürfte ich Sie kurz etwas fragen?"
Der Asiate grinste ihn an:
„Aber natürlich!"
Harald überlegte kurz, formte zuerst die ersten Worte in Gedanken und begann mit anfänglichem Stottern und langgezogenen Wörtern:
„Ich habe gerade in der Zeitung gelesen, dass in Berlin auf

8 J. W. Goethe über Denis Diderot

dem Pariser Platz eine Moschee gebaut wurde. Stimmt das?"

Der Asiate nickte.

Harald musste die folgenden Worte nun qualvoll aus seinem Mund pressen, da er sie für sehr mystisch hielt.

„Was ist denn mit dem Brandenburger Tor passiert? Es steht doch immer noch am selben Platz, oder nicht?"

Daraufhin schaute ihn der Asiate etwas unglaubwürdig an, schaltete sein Diktiergerät aus, legte seine linke Hand auf Haralds Schulter und begann mit der Aufklärung.

„Sagen Sie bloß, Sie haben nichts über diesen historischen Verkauf mitgekriegt?"

Harald schüttelnde zögernd den Kopf und lies dabei seine Kinnlade fallen.

„Vor zwei Jahren hat Deutschland das Brandenburger Tor an die Chinesen verkauft. Das Objekt steht jetzt in Shanghai."

„In Shanghai?"

entgegnete ihm Harald mit kindlicher Stimme.

„Jawohl in Shanghai!"

antwortete der Asiate mit einem kurzen und energischen Kopfnicken stolz. Dann erzählte er weiter:

„Der Transport und der Wiederaufbau waren eine wahre logistische Meisterleistung. Das monumentale Objekt wurde daraufhin saniert, zusätzlich mit chinesischen Zeichnungen und Schriften verziert und ist jetzt das Wahrzeichen der Stadt Shanghai."

Völlig konsterniert, erwiderte Harald dem Asiaten:

„Wie viel hat das Ganze denn die chinesische Regierung

gekostet?"

Auf eine Art und Weise, als ob er schon tausendmal auf diese Frage geantwortet hätte, leierte dieser seine Antwort herunter.

„Das weiß niemand so genau. Der Verkaufspreis wurde nie erwähnt. Fakt ist nur, dass seit dem Verkauf die chinesische Industrie plötzlich mit der Produktpiraterie aufgehört hat. Viele gehen deshalb davon aus, dass dies vielleicht die Bedingung beim Verkauf war. Andere meinen, dass die neuen Herrscher, die Türken sich an das Brandenburger Tor einfach nicht gewöhnen konnten und es so schnell wie möglich wegschaffen wollten. Es gibt sehr viele Spekulationen was die Verkaufgründe angeht."

Harald versank in seinem Sitz und schloss seine Augen. Er konnte es einfach nicht glauben, was er da soeben zu hören bekommen hatte. Der Asiate hingegen gewann Freude am Reden und fuhr fort:

„Das war bis jetzt die beste Investition die China in ihrer ganzen Geschichte gemacht hat. Als das Brandenburger Tor in Shanghai errichtet wurde, kamen unzählige deutsche Touristen in die Stadt. Zu dieser Zeit bauten die nationalistisch gesinnten Türken in Deutschland ihre Macht unaufhaltsam aus. China erkannte als erster die Unzufriedenheit der Deutschen und bot den Qualifizierten, insbesondere den Ingenieuren lukrative Jobs an. Viele von ihnen überlegten nicht lange. Eine ungeheure Flut von qualifizierten Arbeitskräften überströmte sodann das Land. Na ja, ehrlich gesagt waren nicht alle qualifiziert. Die Türken haben es irgendwie geschafft die Hartz IV Empfänger mitzuschicken.

Sie haben den Arbeitslosen gesagt, dass man in China fürs ständige Nörgeln und dumm rum sitzen richtig viel Geld bekommen würde. Natürlich war dem nicht so. Die Chinesen wussten sich aber schnell zu helfen. Mit Versprechungen lockte man die Hartz IV Empfänger in das größte Stadion des Landes. Lustlos, aber zahlreich erschienen sie alle ... und seitdem hat man nie wieder etwas von ihnen gehört ..."

Als der Asiate bemerkte, dass Harald ihm nicht mehr zuhörte, wandte er sich ab und ging fleißig seiner vorherigen Beschäftigung nach.

Harald saß regungslos da und versuchte an nichts zu denken. Bei all diesen Hiobsbotschaften war dies aber schier unmöglich. Übermäßige Fluktuationen in seinem Gehirn veranlassten ihn schließlich wieder die F.A.Z. aufzuschlagen. Er versuchte sich nun mittels der Zeitung ein Bild vom Ausmaß der Eroberung Deutschlands durch die Türken zu machen. Als erstes schlug er den Wirtschaftsteil auf. Widerwillig wurde er mit folgenden Schlagzeilen konfrontiert:

„Der Wettanbieter ‚Bas Parayi Moruk'[9] hat seinen Gewinn gegenüber letztem Jahr verdreifacht ..."

„Die Regierung plant eine weitere Produktionsstätte für den ständig wachsenden Döner Konsum ... Brot als Grundnahrungsmittel musste seine Spitzenposition dem Döner überlassen ..."

---

9 *Umgs.* „Drück die Kohle raus, Alder"

Feuilleton:

„Ein Tag im Leben des Sportwettenkönigs Ömer Sansi Bitmez[10] ... Ömer offenbart uns seine intimsten Geheimnisse, nämlich wie aus einem Normalsterblichen ein erfolgreicher Wettkönig werden kann ... Nächsten Monat wird sein lang ersehntes Buch ‚Die Philosophie des Sportwettens‘ erscheinen ...“

„Arabesk[11] und Uzun-Hava[12] gewinnt bei der deutschen Bevölkerung immer mehr an Zuspruch. Helga S., die Intendantin des Berliner Staatskonservatoriums ist fasziniert von der Möglichkeit, den inneren Leid und Schmerz durch verschnörkelte, leiernde und gedehnte Interpretationen auszudrücken.
„Mit Arabesk, aber vor allem mit Uzun-Hava kann man sein Leid ins Unermessliche steigern“ sagte sie der Zeitung ...“

Sport:

„Das vierte Münchner Folklorefestival hat den Rasen der ALIanz Arena dermaßen beschädigt, so dass der Platz für das Heimspiel am kommenden Sonntag möglicherweise

---

10 „Ömers Glück ist endlos“
11 Orientalische Musikrichtung
12 Türkische Gesangsart: reich verziert, großer Tonumfang, rhythmisch frei improvisiert; für Europäer schwer nachzuvollziehen

nicht bespielbar sein wird. Der Manager der Münchner ist während des Interviews knallrot angelaufen vor Wut. Gegen Ende des Interviews beruhigte er sich dann wieder etwas und versicherte, dass der Verein gegen unvorhersehbare negative Ereignisse finanziell absolut abgesichert sei. „Es besteht kein Grund zur Besorgnis. Der Verein wird sogar nach der Apokalypse volle Kassen haben", versicherte er dem Reporter energisch, bevor er in den Katakomben verschwand ..."

„Im Spiel VFB Türken Schwaben gegen Energie Kopfnuss gab es, trotz massiver Sicherheitsvorkehrungen wie im Hinspiel, kriegerische Ausschreitungen. Als der Platz mit Springerstiefeln und Säbeln gestürmt wurde, mussten die Unparteiischen das Spiel zum Wohl aller abbrechen. Der DFB bat daraufhin kurzerhand Italien um Unterstützung ... Übermorgen soll bereits das Expertenteam aus Sizilien in Frankfurt am Main eintreffen ..."

Harald war maßlos bedient. Völlig erschöpft schloß er die Augen und fiel in einen tiefen, erholsamen Schlaf.
Nach exakt 3:14:15 Stunden wurde er durch ein heftiges Rütteln aufgeweckt. Er erschrak, dachte als erstes instinktiv an eine Katastrophe und als zweites an die Lösung der Quadratur des Kreises. Für einen Bruchteil einer Sekunde glaubte er die Lösung gefunden zu haben. Es blieb allerdings beim Glauben. Doch nicht das Flugzeug schüttelte wie ursprünglich gedacht, sondern sein Körper. Der Asiate

war der Verursacher dieser Erschütterung seines Körpers gewesen. Er zog Harald kraftvoll zu sich ans Fenster.

„Schau, wie imposant Neu-Istanbul von oben aussieht. Das darfst du auf keinen Fall verpassen!"

Harald sah fast nur Minarette und riesengroße Kuppeln.

„Schau, da hinten..."

zupfte der Asiate hektisch an Haralds Hemd und sprach mit überlaufendem Stolz weiter.

„Da wird gerade die neue Hängebrücke gebaut. Den Bau leitet eine chinesische Firma..."

Dann stieß er Harald weg vom Fenster und holte seine gigantische Kamera heraus.

Durch das Geschehene und Gelesene war Harald jetzt auf das Schlimmste gefasst, und munterte sich mit den Worten:

„Schlimmer kann es ja gar nicht mehr kommen",

auf.

Abenteuerlich gelandet, marschierte er zügig an den bärtigen Zollbeamten vorbei. Zügig, weil die Computer ausgefallen waren und den Zollbeamten nichts anderes übrig blieb, als die Passagiere ohne zu kontrollieren durchzulassen. Es war die Rede von einem Kanaken-Virus und einer der Zollbeamten schrie mehrmals:

„Diese Kartoffel können es einfach nicht lassen uns immer wieder digital anzugreifen!"

Harald suchte hastig eine Telefonzelle auf und wählte die Nummer 3-1-4-1-5-9.

„Institut zur Erhaltung der Deutschen Sprache, Deutscher!"

Es war die Stimme des Vaters. Harald versuchte zu reden, jedoch hatte er einen so dicken Kloß im Hals, dass er nicht im Stande war etwas zu sagen. Der Vater legte auf.

„Brrrauchst du Händy?"

hörte er eine Stimme hinter sich. Er drehte sich um und sah einen jungen, dunkelhaarigen Mann mit kunstvoll rasiertem Bart und mindestens einer Tonne Gel in den Haaren, vor sich stehen.

„Wer bist Du?"

fragte ihn Harald.

„Ich bin Ahmet. Willst Du jetzt Händy, oder net?"

Harald wusste nicht was der Mann meinte (Als Harald Deutschland verlassen hatte, gab es noch keine Handys). Er schaute daraufhin etwas verwirrt in seine Handinnenflächen, dabei sah er aus wie ein betender Moslem, flüstert leise etwas vor sich hin, was die Moslem Analogie nur noch verstärkte, und blickte wieder zu dem Mann.

„Selam Alaikum."

begrüßte ihn der Mann dann barmherzig. Harald war jetzt total verwirrt. Er zuckte mit den Schultern. Genau in diesem Moment knurrte Haralds Magen laut.

„Hast Problem mit Bauch?"

„Ich habe nur ein bisschen Hunger!"

„Gehst Du Döner essen, dann alles wieder okay!"

„Ehrlich gesagt wäre mir jetzt eine Rote Wurst lieber!"

und grinste dabei.

„Wuas?"

„Nichts geht über eine saftige Rote"
untermauerte Harald seine vorherige Aussage.

„Schiwaynefleisch?"

„Oh ja, sehr lecker!"

„Willst Du mich verarschen, oder was?

„Nein, ich habe Hunger und gerade Lust auf 'ne Rote Wurst."

„Ich geb Dir gleich Rote Wurscht!"

„Jetzt gleich? Sie sind aber freundlich!"

Drei Minuten saß Harald schon benommen auf dem Boden, bis er sich wieder aufrappeln konnte. Sein Kinn schmerzte sehr. Der k. o. Schlag hatte jedoch was Positives bewirkt. Er konnte jetzt viel klarer denken als vorher. Mit zurückgekehrter Nüchternheit wählte er erneut die Nummer des Vaters.

„Institut zur Erhaltung der Deutschen Sprache, Deutscher!"

„Vater?"

„Harald, bist Du es?"

„Ja Vater, ich bin es!"

„Oh Allmächtiger, wie sehr hatte ich mich nach Deiner Stimme gesehnt. Wo bist Du? Geht's Dir gut? Du kommst genau zur richtigen Zeit, Sohn."

„Ich bin am Flughafen von Berlin. Kommst Du mich abholen? ... Was meinst Du mit ‚zur richtigen Zeit?'"

„Sohn, Du wirst schon alles früh genug erfahren, lass uns am neuen Hauptbahnhof treffen; drei Uhr vierzehn am Gleis... Sei äußerst vorsichtig, wenn Du den neuen Hauptbahnhof betrittst.“

waren die letzten Worte des Vaters, als die Verbindung aufgrund mangelnden Guthabens getrennt wurde. Was meinte der Vater mit ‚sei äußerst vorsichtig wenn du den neuen Hauptbahnhof betrittst’. Harald kam sich vor wie Alice im Wunderland. Er war sich mittlerweile bewusst, dass er erst am Anfang des Kaninchenbaus stand.

Die ausführliche und zweisprachige Beschilderung machte den Weg zum neuen Hauptbahnhof für Harald zu einem Kinderspiel. Als Nebeneffekt lernte er dabei noch ein wenig türkisch.

Am Hauptbahnhof schließlich angekommen, fielen ihm sofort all die vielen Warnschilder auf. Es waren immer dieselben:

„Betreten des Bahnhofs auf eigene Gefahr!“

Und Schilder auf denen herunterstürzende Bauteile zu sehen waren. Harald betrachtete das imposante Glasdach des neuen Hauptbahnhofs mit herunterhängender Kinnlade. Nicht das Glasdach, sondern die Folgen des k. o. Schlags weigerten seinem Unterkiefer dem Oberkiefer zu folgen. Er fand das Glasdach völlig unpassend. Für ihn wäre ein ‚moderner’ viktorianischer Baustil opportuner gewesen. Nachdem er das Bauwerk flüchtig inspiziert hatte, widmete er seine Aufmerksamkeit dem Treiben auf dem Bahnhof. Es war betörend laut und eine unvorstellbare Hektik ging vonstatten. Reisende mit überproportional viel Gepäck versuchten ihren Weg durch die Menschenmenge zu sprengen.

Überall ältere, kleinwüchsige Frauen mit Kopftuch, die aussahen wie Schlümpfe. Alle zwei Meter gab es Stationen an denen Menschenmassen eine Zigarette nach der anderen rauchten und dabei telefonierten oder mit ihren Handys rumspielten; Kinder, die große Kanister auf dem Rücken trugen, schrien:

„Buz gibi soguk su dan icmek isteyen?[13]"

Menschen mit riesigen Tabletts auf dem Kopf, die mit Sesamkringel aufgetürmt waren, brüllten:

„Simit, taze Simiiit[14]!"

An jeder Ecke standen zahlreiche Schuhputzer mit ihren verschnörkelten an Tausend und einer Nacht erinnernden Gerätschaften.
Plötzlich spürte Harald ein Kitzeln an seinem Fuß. Als er hinunterblickte sah er einen kleinen Jungen wie dieser gerade seine Schuhe putzte. Harald zog instinktiv sein Fuß weg. Der Junge, der wie aus dem Nichts erschienen war, ließ sich aber nicht so leicht abschütteln und blieb an ihm wie eine Klette haften. So legten sie zusammen einen Weg von ungefähr zehn Metern zurück. Schritt um Schritt wurden Haralds Schuhe glanzvoller. Dann streckte er Harald

---

13 „Wer möchte kaltes Wasser trinken?". Kaltes Wasser wird immer noch glasweise auf den Märkten in der Türkei angeboten. Insbesondere in Anatolien.

14 türk. Sesamkringel

seine offene Hand entgegen und schaute ihn mit seinen Rehaugen bittend an. Was für ein trauriger, durchdringender Blick es doch war. Fast so wirkungsvoll wie die der Zigeuner. Eigentlich wollte Harald ihm kein Geld geben, denn er wollte ja nicht, dass man ihm seine Schuhe putzte. Jedoch war er der Meinung, dass der Junge sich seinen Lohn, insbesondere durch die artistische Leistung mehr als genug verdient hatte. Außerdem war das viel besser als zu betteln. Mit diesem Gedanken rechtfertigte er sich gegenüber seine Großzügigkeit. Kaum war der Junge weg, stand auch schon ein anderer bei ihm. Ein junger Mann mit Sesamkringeln auf dem Kopf.

„Abi, taze simit vereyim mi, he?[15]"

„Haben sie keine Brezel?"

„Brezel seit drei Jahren ausgestorben. Jetzt Simit. Schmeckt besser als Brezel. Glaub mir!"

In der tat, Harald war von dem köstlichen Geschmack überrascht. Der Simit stand der Brezel in nichts nach. Aber die Tatsache, dass es keine Brezel mehr gab, stimmte Harald dann doch sehr traurig. Doch zum Trauern blieb ihm keine Zeit, denn da stand auch schon der Nächste. So ging es weiter und weiter. Harald brauchte eine ganze Stunde bis er an das vom Vater genannte Gleis gelangte. Er trank kaltes Wasser, kaufte unterwegs Tempos, aß zwei Lokums, trank Tee, kaufte sich zwei Milli-Piyango[16] Lose usw. Was für ein Service, dachte er sich und sagte sichtlich amüsiert.

„Das nenne ich Dienstleistung!"

---

15 „Bruder, soll ich Dir frischen Sesamkringel geben?"
16 türk. Lotterie Los

35

Als er endlich mit vollem Magen und mit leeren Taschen am vereinbarten Treffpunkt eintraf, wartete schon der Vater ungeduldig auf sein Eintreffen. Sie fielen sich sofort in die Arme und befeuchteten den mittlerweile türkischen Boden mit ihren deutschen Tränen. Die Tränen verätzten den Boden wie Salzsäure. Harald und sein Vater wurden mit einen dichten, trüben Dunst umhüllt und verschwanden in der Menschenmenge wie zwei Stecknadeln im Heuhaufen.

Drittes Kapitel

Die wahren Hintergründe der Eroberung
Deutschlands durch die Türken

Der Vater hatte es sichtlich eilig. Es gab doch noch so viel zu besprechen. Trotz dieses Nachholbedarfs sprachen sie nur spärlich miteinander. Der Vater verhielt sich wie ein Spion. Seine Augen und Ohren waren wachsamer als die eines Kojoten. Er zuckte und erstarrte ständig. Haralds Körper kam mit der Adrenalin Produktion kaum nach. So sehr versetzten die Gesten des Vaters ihn in Angst und Schrecken. Als sie schließlich die Grenze zu Ostberlin überquerten, drückte Karl-Gustav seine Erleichterung mit einem tiefen Seufzer aus.

„Aaahhh, endlich auf heimischem Terrain!"

Von der Menschenmenge und dem tosenden Lärm (insbesondere das ständige Hupen der Autos) war nichts mehr zu sehen und zu hören. Die Straßen rochen nach Schweinefleisch und aus den Boxen, die an die Laternenpfosten angebracht waren, summte deutsche Volksmusik.

„So, da wären wir! Das ist der Ort, an der wir an der Zurückeroberung von Deutschland arbeiten. Bis jetzt ohne Erfolg. Jedoch mit Dir an unserer Seite werden wir es schaffen!"

Gleichzeitig zeigte der Vater voller Stolz auf die Tür mit der Beschriftung:

„Institut zur Erhaltung der Deutschen Sprache"

Sie schritten schließlich durch die Tür und tosender Applaus peitschte ihnen entgegen. Harald stand wie angewurzelt da und verstand die Welt nicht mehr. Der Vater bemerkte Haralds Verwirrung und flüsterte zu ihm:
„Du bist unsere letzte Hoffnung, Sohn. Sie alle und ich sehen in Dir den Retter Deutschlands. Ich habe ihnen schon viel von Dir erzählt..."
Die Erwartungen waren einfach zu hoch für ein so sanftes Gemüt. Haralds Verwirrung führte zu einem Blackout. Er fiel wie ein leerer Kartoffelsack zu Boden.

„Bist Du sicher, dass Dein Sohn uns von den Türken befreien kann?"
waren die ersten Worte die Harald verzerrt wahrnahm, als er das Bewusstsein wieder erlangte.
„Wir müssen ihm ein wenig Zeit geben. Das war einfach zuviel. Er wird sich erholen und uns dann von diesen Neo-Osmanen befreien..."
hörte er die beruhigende Stimme des Vaters erklingen. Die Stimme war tröstend und vertraut, nicht jedoch die Worte. Daraufhin wurde er wieder ohnmächtig.
Erst gegen Abend, als die Dämmerung einbrach, wachte Harald in Begleitung der Stimme des Muezzins, die aus der

Ferne versuchte die Herzen aller zu erobern, auf.

„War alles nur ein böser Traum? Bitte Gott, lass es ein Traum gewesen sein...“

„Er ist wach! Er ist wach!“

schrie ein Junge und eilte die Treppen, halb stürzend, halb laufend hinunter. Keine Minute war vergangen, da versammelten sich auch schon ein Dutzend Menschen an seinem Bett. Der Vater indessen kämpfte sich mühselig zu Harald vor.

„Wie geht es Dir, Sohn?“

Der lange Schlaf hatte Haralds Energie mehr als nur aufgetankt.

„Ich fühle mich blendend, wie neugeboren!“

entgegnete er dem Vater pudelwohl. Seine Antwort entlockte der Menge ein zufriedenes Lächeln und Kopfnicken. Die Hoffnung war bereit für den Kampf, signalisierten ihre Gesten.

„Komm, es wird Zeit, dass wir Deine historischen Kenntnisse aufpolieren!“

Man setzte Harald in die Mitte eines Halbkreises und drückte ihm einen Stapel Akten in die Hand, die er auf seinen Schoß legte.

„Du hast sicherlich bemerkt, dass sich Deutschland seit deiner Abreise stark verändert hat.“

Harald nickte.

Etwa eine Minute herrschte absolute Stille.

Der Vater fuhr fort:

„Schreckliches ist mit unserem Land passiert. Wir können

es uns immer noch nicht erklären, wie wir ohne ernsthaften Widerstand Deutschland aus der Hand geben konnten."

Ein anderer unterbrach den Vater:

„Diese Kanaken, ich sage Euch, sie haben uns skrupellos infiltriert!"

„Jetzt beruhige dich Wolfram, Emotionen bringen uns wie wir alle wissen nicht weiter!"

Wolfram ließ sich nicht beruhigen.

„Wieso denn nicht? Diese Ka... Türken haben es doch mit ihren Emotionen erst so weit gebracht. Das kann der Deutsche auch. Wir sollten sie einfach platt walzen. Nur ein Genozid löst dieses Problem!"

Einige der Anwesenden nickten zustimmend. Der Vater setzte Wolframs Worten energisch entgegen:

„Es wird nie wieder ein Genozid bzw. Säuberung unter unserem Namen stattfinden. Wir müssen dieses Problem mit gesundem Menschenverstand angehen. Genau hier kommt mein Sohn Harald ins Spiel."

„Gesunder Menschenverstand? Ha, das ich nicht lache. Karl-Gustav, das hier ist nicht Mathematik, sondern Politik. Wir müssen sie mit den selben Waffen schlagen, mit denen sie uns geschlagen haben. Nur energischer und leidenschaftlicher... die Deutschen müssen wieder an sich glauben. Die Nationalspieler hätten beinahe allein durch ihren Glauben den Weltmeistertitel geholt! Das ist doch Beweis genug wozu der Glaube imstande ist. Wir müssen ihnen gleich tun. Unser Führer muss ein einfacher, bescheidener Mann aus dem Volk sein. Am besten ein Bäckerssohn der die Vereinigten Staaten hasst oder..."

Einige applaudierten lautstark. Haralds Vater wurde nun richtig aufbrausend.

„Wolfram, bring mich nicht zur Weißglut. Hast Du etwa wieder vergessen deine Tabletten zu nehmen. Jetzt geh und nimm deine Arznei! Deine Worte heizen diesen Raum nur unnötig auf. Dieser Raum ist aber schon warm genug. Ein wenig Kühle würde uns jetzt gut tun. Wir müssen noch vieles besprechen, also geh' jetzt bitte!!!"

Wolfram löste daraufhin beleidigt die Bremsen seines Rollstuhls, machte eine kunstvolle Drehung in einem Winkel von 31415" Altgrad und fuhr stark beschleunigend davon. Dann knallte er die Türe hinter sich zu. Erneute Stille tanzte durch den Raum. Die eingebrochene Stille war erschreckend still. Es war so still, dass man sie regelrecht laut hören konnte.

„War das vielleicht die brodelnde, schäumende Raumzeit, die zu hören war?"

grübelte Harald. Kaum diesen Gedankengang zu Ende geführt, setzte er der quälenden Stille ein Ende:

„Wie konnte es denn überhaupt so weit kommen?"

Der Vater schon ungeduldig auf eine Möglichkeit wartend holte daraufhin tief Luft und fing endlich an die vermeintlichen Fakten vom Untergang des Deutschen Volkes zu skizzieren.

„Hmmm, wo soll ich denn am besten anfangen... es sind so viele Geschehnisse zu berücksichtigen... das Resultat ist auf jeden Fall größer als die Summe der einzelnen... eigentlich sind es ja keine Fakten, sondern nur Vermutungen",
brummte er leise vor sich hin.

Der Vater hasste Vermutungen über alles. Mit Hypothesen konnte er ja noch leben, da sie in der langen Reihe anstanden um durch das Experiment verifiziert zu werden! Vermutungen hingegen waren nur für Menschen gedacht, die von der Wissenschaft nichts ernsthaft wissen wollten.

„Vermutung wird zur Hypothese und schließlich zu einer Theorie. Selbstverständlich, wenn die Experimente die Aussagen der Hypothese untermauern...",

murmelte der Vater weiter vor sich hin. Haralds Geduld befand sich schon im infinitesimalen Bereich. Sichtlich gereizt sagte er mit lauter Stimme:

„Vater, hör endlich auf zu grübeln. Jetzt erzähl schon wie es zur Unterwerfung der Deutschen kommen konnte!"

„Deine Ungeduld werte ich als ein gutes Zeichen, Sohn. Ich werde Dir nun so gut wie nur möglich von den Vermutungen berichten. So sehr es mir auch zu wider vorkommt."

Plötzlich ging die Türe auf.

„Es sind keine Vermutungen, sondern Tatsachen Herr Gott noch mal Karl-Gustav!"

Wolfram knallte die Türe erneut hinter sich zu und machte sich endlich auf den Weg zu seinen Tabletten.

Schnaufend schüttelte der Vater daraufhin den Kopf, räusperte dreimal, lies zweimal sein Genick knacksen und begann schließlich Harald einzuweihen.

„Viele von uns glauben, dass alles mit der Einwechslung eines 16-jährigen Türken bei einem Bundesliga Top Spiel angefangen hat. Dieser Türke wurde daraufhin, als der jüngste Spieler in der Bundesliga aller Zeiten frenetisch gefeiert. So unbedeutend dieses Ereignis auf den ersten Blick auch erscheinen mag, hatte sie doch unglaublich große Auswirkungen auf die Psyche der Türken. Wir tauften daraufhin den Schmetterlingseffekt in den Türkeneffekt um. Viele glaubten dann ernsthaft, dass man alles erreichen konnte, wenn man es nur wollte und genug daran glaubte. Die Türken nahmen diese Botschaft zu unserem Leid sehr ernst. Nicht einmal die Hollywood Filme konnten diese Botschaft hinreichend vermitteln - aber die Einwechslung eines jungen Türken hat es vollbracht! Wie dem auch sei. Türke rein, Deutscher raus! Immer mehr Türken schafften es einflussreiche Posten in der Wirtschaft, Politik, usw. an sich zu reißen. Daimler wurde zu Dayımlar; T-com wurde zu T-elsim[17]; McDonald's wurde zu McDöner usw. Sie übernahmen sogar alle Fernsehsender. Jetzt gibt es nur noch einen Sender mit dem Namen ‚Bak Sana Lan[18]'. Im Zeitalter der Kommunikationstechnik ist das die beste Art das Volk zu beeinflussen. Die Amis hatten es ja bestens vorgemacht. Die Nachrichten, die Kulturveranstaltungen, die Politik... alles wurde getürkt. Das Wort ‚getürkt' wurde von uns zum Unwort des Jahrtausends gekürt. Ihr Einfluss auf den deutschen Geist wurde von Tag zu Tag größer. Sie kam schleichend und unaufhaltsam, bis sie schließlich die Adern von fast allen in Deutschland lebenden Menschen durchströmte. Scientology kann von so einer Gehirnwäsche nur träumen. Hinzu kam noch, dass ein türkischer Schriftsteller den Nobelpreis erhielt. Man wollte durch die Vergabe des Preises den nationalistisch ge-

---

17 Türkische Telekommunikationsfirma
18 Umgs. „Glotz doch Alter".

sinnten Türken eine Ohrfeige verpassen, doch der Schuss ging nach hinten los. Zwar kritisierte der Schriftsteller die türkische Politik stark, doch die Türken benutzen ihn als willkommene Werbung für ihre Sache. Seine Kritik wurde nie richtig erwähnt bzw. einfach unter den Teppich gekehrt. Stolz verkündeten sie: ‚Ein Türke hat den Nobelpreis erhalten! Ein Türke hat den Nobelpreis erhalten! Wir sind nicht unwissend, sondern ein kluges Volk! Jetzt ist es amtlich, wir sind ein geistreiches Volk! Sogar die Akademie hat uns geadelt!' Sie haben den Schriftsteller geadelt und nicht das türkische Volk. Davon wollte aber keiner von ihnen etwas wissen. Dann überschlugen sich die Ereignisse. Sie alle jetzt zu erwähnen ist schier unmöglich. Doch will ich Dir einige nicht vorenthalten. Unser Literaturpapst empfahl plötzlich nur noch pro-türkisch nationalistische Bücher. Es waren Bücher von Autoren von denen wir bis dato noch nie etwas gehört hatten. Der gutgläubige Leser hat sie daraufhin alle verschlungen. Wie du sicherlich weißt, kaufen ja die Meisten die Bücher, die vom Literaturpapst empfohlen wurden, blind. Was wir zu dieser Zeit aber nicht wussten, war die Tatsache, dass er von den Türken unter Drogen gesetzt und erpresst wurde. Wir hätten darauf kommen müssen. Er zuckte bei seinen Auftritten jedes Mal so seltsam und seine Sätze endeten meistens mit den Worten Moruk[19] oder Lan[20]. Das letzte Wort verwirrte vor allem unsere Computerspezialisten. Einige von uns hatten es geahnt, dass mit unserem Bücherpapst was nicht stimmte, jedoch stie-

---

19 Umgs. Alter, Penner
20 Umgs. Typ, Junge

ßen wir auf stumme Ohren, als wir darauf hinwiesen. Man hielt es einfach für undenkbar. Der Literaturpapst war halt eine Persönlichkeit, die man nicht traute in Frage zu stellen. Vielleicht lag es auch daran, dass er jüdischstämmig war. Wann dürfen schon die Deutschen die Juden kritisieren? Tut man es, dann ist man sofort ein N.... Er lebt mittlerweile im Exil in Chile. Der andere berühmte Jüdischstämmige, der eine ähnlich ausgeprägte Redegewandtheit hat wie einst sie Cicero hatte, kommt mit den Türken bestens aus. Es kursieren so einige nicht ganz ehrenhafte Gerüchte um seine Person ...“

Harald unterbrach den Vater:

„Hat er nicht den gleichen Vornamen wie Montaigne gehabt?“

„Ich weiß es ehrlich nicht mehr genau, Sohn.“

„Gibt es denn keine Türken im Land, die die Situation genauso besorgniserregend sehen wie wir?“

„Ja, natürlich gibt es welche. Wir schätzen ihre Zahl auf ungefähr 3141. Heute ist einer von ihnen sogar anwesend.“

Karl-Gustav blickte in die Menge und rief den Türken herbei.

„Mustafa, trete doch bitte hervor!“

Mustafa war ein Türke. Ein Türke, der jedoch mit der Gesamtsituation in Deutschland ebenfalls unzufrieden war. Vielleicht sogar noch unzufriedener als die Deutschen. Er war ein wohl erzogener gläubiger Moslem. Die Eroberer in Deutschland sagten zwar auch, dass sie Moslems wären, jedoch waren sie in Mustafas Augen schäbige Menschen, die den Glauben nur dafür benutzen um ihre oberflächlichen, materiellen Ziele verwirklichen zu können. Sie waren keine echten Moslems. Die Moscheen, die sie so zahlreich errichteten, hatten eher symbolischen Charakter. In Wirklichkeit wollten sie nur Macht und Geld. Ein Hort, in dem sie ihre beschämenden Lüste und Phantasien ausleben konnten. Ein wahrer Moslem verbietet Wettbüros. Ein wahrer Moslem schätzt seine Mitmenschen. Ein wahrer Moslem würde niemals eine Kultur zerstören.

Mustafa war ein mutiger Mann. Die meisten gleich Gesinnten hatten Deutschland verlassen und lebten in der mittlerweile frommen und absolut gerechten Türkei. Doch Mustafa wollte seine ‚alte' Heimat nicht im Stich lassen. Er hatte ihr so viel zu verdanken: seine Bildung, demokratische Denkweise, Fleiß, Gründlichkeit und vieles mehr. Er wollte das alte Deutschland zurück haben. Dafür war er sogar bereit sein Leben zu opfern. Mustafa war ein vorbildlicher Türke.

Mit staatsmännischen Bewegungen trat Mustafa hervor. Der Vater winkte ihn zu sich und er kam der Aufforderung nach.

„Seid gegrüßt, Sohn Karl-Gustav! Vielleicht dürfte ich den Formulierungen Ihres Vaters noch einen ganz wichtigen Punkt, den Ihr Vater sicherlich durch die Erregung ihrer Ankunft versäumt hat zu erwähnen, hinzufügen. Ich kann Ihnen schon im voraus sagen, dass es sich hierbei um keine Vermutung, sondern um eine erschreckende Tatsache handelt."

Harald war vom Auftreten Mustafas sehr beeindruckt und antwortete dementsprechend. Die Akten, die er auf dem Schoß hatte, lähmten schon leicht seine Beine. Der Vater indes war durch die Strapazen der letzten Tage auf dem Stuhl eingenickt und schlummerte leise vor sich hin.

„Es wäre mir eine Ehre die Versäumnisse meines Vaters aus ihrem Munde zu hören."

Die letzten Worte sagte Harald besonders laut. Der Vater schreckte nur kurz auf, machte es sich jedoch daraufhin noch bequemer auf dem Stuhl und döste weiter. Mustafa knöpfte sein Jackett auf, trank ein Schluck Wasser und gewährte anschließend Harald mit seinen aufschlussreichen Worten die Ehre:

„Nach meinen jüngsten Untersuchungen habe ich festgestellt, dass an der Vermutung, dass die Türken uns jahrelang systematisch infiltriert haben mehr dran ist als ursprünglich gedacht. Meinem Spezialistenteam ist es gelungen unbemerkt in die Parteizentrale der Neo-Osmanen einzudringen und einige vielsagende Dokumente rauszuschleusen. Aus diesen Dokumenten geht eindeutig hervor, dass die Türken die Annexion Deutschlands schon seit vielen Jahren geplant haben. Mit welcher Geduld sie dabei vorgingen ist wirklich bemerkenswert. Es ist ja bekannt, dass die Geduld nicht gerade eine Stärke meiner Landsmänner ist."

Etwas ungläubig Harald:

„Wie haben sie das nur gemacht? Wer hat ihnen dabei geholfen? Es ist kaum zu glauben, dass sie das Ganze ohne fremde Hilfe realisieren konnten."

„Damit haben Sie auch vollkommen recht, Herr Deutscher."

„Bitte nennen Sie mich doch Harald!"

„Wie sie wollen, Harald. Wo war ich stehen geblieben… genau! Eine Vereinigung bzw. ein Geheimbund stand ihnen tatkräftig zur Seite. Sie nennen sich selbst die Tülliminaten. Ursprünglich von frustrierten Ex CIA Agenten gegründet. Doch diese haben damit nichts mehr zu tun. Ihr Zeichen ist der Halbmond, der an den Enden durch einen saftigen Dönerspieß verbunden ist. Daraufhin habe ich meine weiteren Recherchen auf die sogenannten Tülliminaten konzentriert. Ich habe mir zuerst die Pressefotos der einflussreichsten Männern und den wenigen Frauen in Deutschland vorgenommen. Habe sie auf meinem Computerbildschirm stark vergrößert und siehe da! Das Zeichen war überall zu finden. Auf den Manschettenknöpfen, Ringen, Füllfederhaltern. Einflussreiche Personen aus der Politik, Wirtschaft und dem Sport; selbst in den für sie bedeutungslosen Gremien wie dem Klima- oder Tierschutz. Sie sind überall bestens positioniert bzw. vertreten. Wenn man den neuesten Gerüchten Glauben schenken mag, bereitet sich gerade unsere Bundeskanzlerin für die Aufnahmeprüfung der Tülliminaten vor."

Harald konnte das Lachen nur schwer unterdrücken.

„Und die wären?"

„Es gibt einige. Welche jetzt für die Bundeskanzlerin in Frage kommt, kann ich Dir nicht genau sagen. Da gibt es zum Beispiel den Döner-Test. Der wird am häufigsten genannt. Der Prüfling muss mit verbundenen Augen einen

Döner innerhalb von 31,4 Sekunden zubereiten und ihn in 3,14 Minuten vollständig gegessen haben. Dann gibt es einen Test, der von den Prüflingen wirklich alles abverlangt. Sowohl sportliche, rhetorische, arithmetische, kämpferische als auch dichterische Qualitäten müssen dargelegt werden."

Mustafa musste lachen. Harald auch.

„Zehn müssen gegeneinander antreten und nur die ersten drei werden zu einem Tülliminaten geschlagen. Jeder der Prüflinge muss folgendes tun: Also die angehenden Türken bekommen zehn Euro. Damit müssen sie in ein Wettbüro gehen und so lange wetten bis sie eine Wette erfolgreich abgeschlossen haben. Erst dann dürfen sie weiterziehen. Danach müssen sie in den neuen Hauptbahnhof und drei Leute dermaßen provozieren, dass es zu einer Schlägerei kommt. Daraufhin geht es zur Universität. Dort bekommen sie einfache mathematische Aufgaben auf Grundschulniveau, die sie falsch lösen und ihr falsches Ergebnis dann so plausibel wie möglich begründen müssen. Wenn sie damit fertig sind, müssen sie zu den drei angesagtesten Diskotheken der Stadt gehen. Sie müssen alles tun um nicht hereingelassen zu werden. Sobald man sie gewähren lässt, sind sie disqualifiziert. Daraufhin bekommen die Gewinner dieser Runde ein Handy und ein Blatt mit vorgeschriebenem Text. Diesen Text müssen sie so schnell wie möglich per SMS versenden. Auf Rechtschreibung wird nicht geachtet. Kreative Rechtschreibfehler werden sogar mit Bonuszeit honoriert. Auf der Zielgeraden bekommen sie dann einen scharfen Döner zugesteckt. Wenn sie die

Zielgerade passiert haben, kommt ein Mann mit Mikrofon zu ihnen. Sie müssen dann gleichzeitig den Döner essen und ein selbst erdichtetes Gedicht vortragen. Auch hier kann man Zeit gutgeschrieben bekommen, wenn man das Gedicht rappt oder es im Stil des Uzun-Hava vorträgt. Ein mögliches Gedicht könnte folgendermaßen lauten:

Fiduzid, Fiduzid,
der Deutsche in mir begeht Suizid.

Der Türke in mir wird neu geboren,
der Deutsche ist für immer verloren.

Der Türke ist ein Genie,
der Deutsche war es noch nie.

Der Deutsche ist ein Vollidiot,
so einfältig wie ein Bauernbrot.

Hast Du Problem, oder was?
Die erste Lektion, ey voll krass!

Harald musste sich richtig beherrschen um nicht vor lauter lachen vom Stuhl zu fallen. Mustafa fügte seinen eben geschilderten Tatsachen noch folgendes hinzu:
„Wir haben bei weitem noch nicht alle Seiten der Akten durchgesehen. Der vollständige Umfang beträgt 31415 Seiten."
Plötzlich erwachte der Vater.

„Ich kenne diese Zahlenfolge. Ich kenne sie!"

Keiner schenkte dem Vater jedoch Aufmerksamkeit.

„Das war's von meiner Seite vorerst. Mein Team wird in drei Tagen einen vollständigen Bericht über diese Akten erstellen und es Dir vorlegen. Doch jetzt sind wir auf Deine Idee bzw. Plan gespannt, mit der Du Deutschland wieder zurückerobern willst."

Mit dem letzten Satz konnte Harald nichts anfangen. Was meinte Mustafa eigentlich? Was für ein Plan? Der Vater, wieder voll bei Sinnen, intervenierte sogleich, indem er Mustafa ins Ohr flüsterte.

„Mustafa, wir sollten dies nicht hier vor allen besprechen. Erst wenn wir ein brauchbares Konzept bzw. uns auf eine Strategie festgelegt haben, sollten wir es allen vortragen."

Mustafa nickte mit zurückgeschlagenen Händen zustimmend. Tief in seinem Inneren machten sich jedoch erste Zweifel breit. Er hatte gedacht, dass Harald mit einem Erfolg versprechenden Plan nach Deutschland gekommen war. Noch vor wenigen Minuten glaubte er felsenfest an die Zurückeroberung Deutschlands. Er schloss seine Augen und betete zu Allah. Danach ging es ihm schon viel besser. Während Haralds Beine durch die Akten auf seinem Schoß schon eingeschlafen waren, wandte sich Vater Karl-Gustav zu seinen Gefolgsleuten.

„Meine lieben Deutschen, die Vorstellung ist zu Ende. Wir werden uns jetzt zur Beratung zurückziehen und Sie dann über die weitere Vorgehensweise in den nächsten Tagen informieren. Ich danke Ihnen, dass Sie so zahlreich erschienen sind und wünsche Ihnen allen eine erholsame

Nacht. Zur Erinnerung: bitte gehen Sie sparsam mit ihrem Schweinefleisch um. Unsere Vorräte neigen sich dem Ende zu."

Mustafa schüttelte den Kopf und die Menge löste sich, vor sich hin brummend, auf. Als Harald versuchte aufzustehen, fiel er samt den Dokumenten zu Boden. Mustafa murmelte daraufhin:

„Die Hoffnung ist wie ein Kartenhäuschen eingestürzt."

Der Sturz erregte kurz die Aufmerksamkeit der in Aufbruchstimmung gezwungenen Deutschen. Der Vater winkte sie, als er dies bemerkte sofort in Richtung Ausgang. Harald hatte für einen Augenblick vergessen gehabt, dass seine Beine eingeschlafen waren. Mustafa eilte ihm sofort zur Hilfe. Die Dokumente, die auf dem Boden verstreut lagen, kamen Harald bekannt vor. Sie waren mit seiner Handschrift verfasst.

„Das sind doch meine Arbeiten zu ..."

Der Vater ließ ihn nicht aussprechen, sondern sammelte die Papiere in Windeseile zusammen und steckte sie wieder in den Ordner.

„Hab' Geduld, Sohn. Wir werden morgen ausführlich darauf zu sprechen kommen! Für heute ist es genug. Du solltest dich erst einmal ausruhen. Wir haben noch viel vor."

Einer von den Anwesenden war noch geblieben und stand da, wie ein verlorenes Kind.

„Harald, bist Du es wirklich?"

Harald blickte ungläubig um sich und schließlich:

„Gerd?"

„Wo warst Du nur all die Jahre? Du hattest doch gesagt,

dass Du nach maximal zwei Monaten wieder zurückkehren würdest. Jetzt sind es schon mehr als zehn Jahre geworden. Wo warst Du? Wie geht es Dir, mein Freund?"

Harald und Gerd kannten sich schon seit dem Kindergarten. Gerd war Haralds einziger Freund, den er je hatte. Sie waren wie Brüder. Sie hatten gemeinsam Physik, Mathematik, Philosophie und Biologie studiert und waren ein Herz und eine Seele. Kurz vor ihrem Diplom trennten sich jedoch ihre Wege. Wie aus heiterem Himmel fasste Gerd den Entschluss, eine Karriere als Sänger zu starten. Alle Bemühungen von Harald ihn davon abzuhalten waren zwecklos. Er fand eine Anstellung als Opernsänger an einer renommierten Oper. Seine Stimme war so zart wie die eines Eunuchen. Gerd war daraufhin nur noch unterwegs, während Harald auf dem Dachboden seltsame Theorien ausbrütete. Er wollte damit seine Langeweile und die Sehnsucht nach Gerd töten.

Sie umarmten sich herzlich. Gerd konnte es nicht lassen und sang mit einer hochdramatischen Sopranstimme.
„Iiicchh haaabeee Diiich veeermiiisst!"
„Wow, Deine Stimme ist ja noch schöner geworden!"
„Wirklich? Ich trainiere jeden Tag mindestens zwei Stunden. Du kommst genau zur richtigen Zeit, mein Freund. Ich habe morgen einen wichtigen Auftritt und Du wirst mich begleiten und mein Glücksbringer sein. Mit Dir an meiner Seite werde ich…"

„Harald geht morgen nirgends hin!"

rief der Vater dazwischen, während er versuchte mit Mustafa im Raum Ordnung zu schaffen.

„Ich würde aber gerne meinen Freund begleiten Vater. Wir haben uns doch schon so lange nicht mehr gesehen."

„Zwei Stunden müssten doch drin sein, Herr Deutscher? Harald wird noch genug Zeit haben für die Rückeroberung Deutschlands. Iiich biiittteee sieee Kaaarl Guuustaaav!"

und lief singend auf Karl-Gustav zu. Dieser versteckte sich sogleich hinter Mustafas wohlgeformten Körper. Als Gerd vor Mustafa stand, dachte er sich:

„Ein Adonis! Was für ein maskuliner Körper!"

Sein Herz schmolz dahin, wie Biskin in einer heißen Pfanne. Mustafa spürte homoartige Wellen auf sich prasseln. Obwohl er hetero war, hatte er sichtlich Gefallen daran.

„Ich finde, Harald sollte morgen Gerd begleiten. Außerdem kann Gerd ihm die Stadt zeigen. Wenn er das Treiben in der Stadt am eigenen Leib erfährt, wird das sicherlich seiner Motivation nur gut tun. Ich meine, bald wird es die Türken in der Form ja sowieso nicht mehr geben! Ein Erlebnis vergleichbar mit der Dritten Art ist es allemal. Das willst Du doch Deinem Sohn nicht vorenthalten?"

Karl-Gustav kroch langsam hinter Mustafa hervor.

„Na, wenn Du meinst. Ihr müsst aber vor 18 Uhr wieder hier sein, damit das klar ist!"

Gerd machte daraufhin einen Luftsprung, kniete nieder, spreizte die Arme aus und bedankte sich mit seiner wunderschönen Stimme bei Karl-Gustav:

„Daaankeee!"

Viertes Kapitel

Wie Haralds bester Freund Gerd Superstar wurde
- und die Begegnung mit Ayşe

Harald wurde gegen fünf Uhr in der Früh von der Stimme des Muezzins geweckt. Er versuchte wieder einzuschlafen, doch es gelang ihm nicht. Daher kramte er mühselig das Buch ‚Ulysses' aus seiner Tasche hervor. Seit dreizehn Jahren versuchte er sich schon an diesem anscheinend so großen Meisterwerk. Er klappte es auf und fing auf Seite 314 zu lesen an. Nach drei Sätzen wurde er so müde, dass er völlig erschöpft wieder einschlief. Sein letzter Gedanke war noch:
„Ich will nicht eher sterben, bevor ich es nicht fertig gebracht habe dieses Meisterwerk zu Ende zu lesen..."

Gegen zehn Uhr wurde Harald von Gerd aufgeweckt. Sie frühstückten in der Nähe des Instituts auf die schnelle und machten sich gut gelaunt auf den Weg in die Stadt.
„Was ist das für ein Auftritt den du heute hast?"
fragte er Gerd. Schon den ganzen Morgen auf diese Frage wartend, antwortete Gerd mit funkelnden Augen.
„Es ist eigentlich gar kein Auftritt, vielmehr ein Vorsingen, ein Wettbewerb. Ich bin in den Endausscheidungen von

‚Deutschland sucht den Muezzin'! Bevor du etwas sagst, bedenke, dass es für meine Karriere einen immensen Quantensprung bedeuten würde, wenn ich gewinnen würde. Der Gewinner wird der Muezzin der Neuen Moschee werden. Mein Bekanntheitsgrad würde explosionsartig steigen."

„Das ist doch ein Witz, oder?"

„Nein, mein völliger Ernst."

„Wie kann man ein Muezzin werden, wenn man kein Moslem ist? Außerdem bist du doch…"

Gerd wurde grantig.

„Dich hat es ja schon immer gestört, dass ich schwul bzw. bi bin. Vielleicht bin ich es ja nicht mehr? Wer weiß? Außerdem nehmen die Türken hier den Islam nicht besonders ernst. Für sie ist der Islam nur ein Machtinstrument. Es gibt sogar einen Juden in der Endausscheidung!"

rechtfertigte Gerd eloquent seine Teilnahme.

„Einmal schwul, immer schwul!"

entgegnete ihm Harald trocken und lächelte dabei. Dann legte er seinen Arm um Gerds Schultern und sie wirkten überglücklich wie in den alten Zeiten.

Überall in der Stadt waren Plakate aufgestellt, die dieses national überaus wichtige Event ankündigten. Als sie vor der Neuen Mosche standen, war Harald von der Größe und dem Glanz dermaßen imponiert, dass er glaubte eine übernatürliche Erscheinung gesehen zu haben.

„Das musste die Begegnung der Dritten Art sein von der Mustafa sprach."

dachte er sich. Die Minaretten der Moschee waren so hoch, dass es den Anschein hatte, als ob sie die Wolken kitzelten. Die Kuppel des Pantheons wirkte dagegen wie die Hälfte eines Überraschungseis. Solch gigantische Ausmaße hatte sie. Als Harald die Kuppel genauer betrachtete, sah er Arbeiter, die gerade dabei waren die Spitze zu befestigen.

„Komm, lass uns reingehen. Die Veranstaltung fängt in fünfzehn Minuten an."

forderte Gerd ihn hastig mit steigendem Lampenfieber auf.

„Warte eine Sekunde! Ich will sehen was für ein Symbol sie da anmontieren."

Das Symbol war noch in eine undurchsichtige Folie umhüllt.

„Komm schon endlich, Harald! Ich muss jetzt wirklich los! Das kannst Du Dir auch später anschauen."

Harald erkannte, dass es wohl noch eine Weile dauern würde bis sie die Folie abnehmen würden. Auf den letzten Metern versuchte er Gerd ein wenig zu beruhigen, doch Gerds Aufregung war sowieso nur gespielt. Als mittlerweile erfahrener Opernsänger konnte ihn so schnell kein Auftritt aus der Fassung bringen. Er musste sogar sein Lampenfieber künstlich hervorrufen. Gerd wusste nur all zu gut, dass ein wenig Lampenfieber die Voraussetzung für eine erfolgreiche Vorstellung war. Sogar die erfahrenen Künstler schworen auf diese heilsame nervöse Erregung.

„Was musst du denn eigentlich vorsingen?"

„Drei Mal darfst du raten!"

Harald überlegte, aber eine plausible Antwort fiel ihm in

dem Moment nicht ein. Eigentlich dachte er immer noch an die Kuppel, insbesondere welches Symbol sich unter der Hülle wohl verbergen würde.

„Na, ist doch klar! Ich muss das Gebet ankündigen! Du weißt doch…"

„Ja ja, ich wurde heute früh durch den Muezzin aufgeweckt. Ich weiß, was Du meinst. Sag mal, bist Du sicher, dass Du das machen willst? Ich meine…"

„Entweder Du stehst Hundertprozent hinter mir oder… "

Sie blieben stehen und Harald sagte:

„Deine Wünsche sind auch meine Wünsche, mein Freund. Zeige ihnen was Du drauf hast."

So verschwanden sie in einem der zahlreichen Gebäuden vor der Neuen Moschee.

Die Fernsehshow „Deutschland sucht den Muezzin" wurde, aus Freiraum für eventuelle Manipulationsmöglichkeiten, nicht live ausgestrahlt. Die Show sollte zur besten Sendezeit um 23 Uhr, direkt nach der Milliy-Piyango Ziehung, ausgestrahlt werden. Die Siegerehrung hingegen wurde live ausgestrahlt. Die Veranstalter hatten sich auf das Voting per SMS geeinigt.

Nach etwa drei Stunden tauchten Gerd und Harald wieder vor der Neuen Moschee auf. Sie strahlten Zufriedenheit aus. Insbesondere Gerd.

„Der eine braungebrannte Typ, mit den blonden Haaren und der Lederhaut, hat ja die ganze Zeit nur Scheiße gelabert!"

„Ach der! Seine Kommentare sind so fehl am Platz wie ein weiteres Arschloch am Ellenbogen.!"
machte Gerd eine abschweifende Handbewegung.
Ein weiterer Wettbewerbskandidat blieb bei ihnen stehen.
Er inspizierte Gerd von oben bis unten und lobte schließlich aus ganzem Herzen dessen Vorstellung beim Wettbewerb:
„Acayip sesin var, Moruk! Ayni Meikel Cekson gibi söyledin, be!"[21]
Gerds erster türkische Fan schüttelte mehrmals den Kopf:
„Allah, Allah!"
und ging weg noch ehe Gerd sich bei ihm bedanken konnte.
Auch Harald hatte nur Lob für Gerds Vorstellung übrig.
„Das war eine grandiose Vorstellung! Ich habe genau gesehen wie der Moderator den Tränen nah war während Du gesungen hast."
„Wirklich?"
„Ja, und als du fertig warst, haben die Anwesenden miteinander genuschelt. Ich verstehe zwar kein türkisch, aber von ihren Mimiken und Gesten zu beurteilen, konnte es nur positiv sein. Das Wort Azayip, wie eben der Mann glaube ich zu dir sagte, war auf jeden Fall auch dabei!"
„Welche Wörter, welche Wörter konntest Du noch hören?"
fragte Gerd wie ein kleines Kind leicht wippend. Seine Hände waren dabei zu einer Faust geballt und an die Brust gepresst.
Harald versuchte sich an die Wörter zu erinnern...

---

21 *umgs.* „Du hast 'ne unglaubliche Stimme Alder. Wie Michael Jackson!"

„... da waren noch Wörter wie ‚Helal Ohlshuhn' ‚Maschalah' ‚ibne gibi söylüo' ...“

Gerd umarmte Harald innig.

„Ohne Dich hätte ich nie so gut gesungen, mein Freund. Ich danke Dir vielmals!“

Harald blickte indes auf die Kuppel. Die Spitze war immer noch bedeckt.

„Weißt Du was? Für die seelische Unterstützung werde ich Dir jetzt einen Döner spendieren.“

„Ich hätte aber mehr Appetit auf ne Rote Wu...“

„Kein wenn und aber! Döner ist jetzt genau das Richtige!“

„Na, wenn Du meinst!“

antwortete Harald resigniert. Das mit der Roten Wurst war viel schwieriger als er gedacht hatte.

„Findest Du, dass ich schöner geworden bin?“

fragte Gerd wie aus dem Nichts.

„Ja, sogar sichtbar schöner. Das wollte ich Dir schon die ganze Zeit sagen!“

„Weißt Du auch, wieso?“

„Schönheits - OP? Maßlose Körperpflege?“

„Ach was! Da gibt es viel Besseres.“

„Ahhh, Du nimmst sicherlich diese Merz Spezial Dragees oder wie die noch heißen? Bei meiner Mutter haben diese Tabletten Wunder bewirkt. Je älter sie wurde, desto schöner und jünger sah sie aus.“

„Nein, nein, mein lieber Harald. Du denkst einfach viel zu kompliziert. Das Geheimnis steht hier überall an den Straßen.“

Harald blieb stehen und blickte um sich. Mittlerweile befanden sie sich auf einer belebten Straße. Er sah unzählige Wettbüros in denen leidenschaftlich diskutiert wurde. Von außen hätte man vermuten können, dass die Leute über philosophische oder wissenschaftliche Ansichten streiten würden; Leute, die sich in eine der vielen Dönerbuden hineindrängten; Obstverkäufer, die versuchten sich gegenseitig zu übertönen. Die Straßen wirkten belebter, als die beschriebenen Bazare in den Geschichten von Tausend und einer Nacht.

Haralds Blicke blieben an einer Werbetafel, die alle anderen überragte, haften.

Unser Döner macht sie schöner!

Meinte vielleicht Gerd, dass er durch das Verzehren von Döner schöner geworden ist? Harald hielt diese Hypothese für äußerst unglaubwürdig, ja sogar für extrem dilettantisch. Dass sein Freund derartigem ernsthaft Glauben schenken konnte, hielt er für sehr unwahrscheinlich. Da ihm aber in diesem Moment keine bessere Antwort auf Gerds Frage einfiel, antwortete er leise und etwas unsicher:

„Vielleicht durch das ausgiebige Verzehren von Döner?"

„Volltreffer, mein Freund! Der Döner macht einen wirklich schöner! Das ist sogar wissenschaftlich bewiesen. Die Zeitschrift Spektrum-Wissenschaft hat vor einem Jahr bestätigt und den Beweis auf zehn Seiten übersichtlich dargestellt. Bis heute hat die Theorie allen Widerlegungsversuchen standgehalten. Die leidenschaftlichen Bemühungen der Wissenschaftler, insbesondere diejenigen, die von Subway,

Burger King angeheuert worden sind, um die ‚Döner macht schöner' Hypothese zu widerlegen, laufen auf Hochtouren. Seit dem erfolgten Beweis darf die Dönerindustrie offiziell mit diesem Slogan weltweit werben. Sogar ein berühmter Dichter wurde von diesem inspiriert. Willst du das Gedicht hören?"

Harald blinzelte Gerd nur an und sagte nichts. Gerd wertete das Blinzeln als ein Indiz dafür, dass Harald das Gedicht hören wollte. Sodann begann er das Gedicht in einem einwandfreiem Tonfall vorzutragen:

Wie konnten wir all die Jahre Dich so unterschätzen?
Verzeih, die Menschen sind Meister im Verschätzen.

Du kamst herbei wo die Sonne aufgeht,
Dein Geruch, der niemals vergeht.

Aufdringlich und sinnlich zugleich,
Deine Nährwerte sind unglaublich reich.

Du wolltest uns mehr als nur ernähren,
zurückhaltend ließen wir Dich gewähren.

Jetzt wissen wir, Du machst uns herrlich satt,
niemals fühlen wir uns dabei platt.

Deine Zusammensetzung ist einfach genial.
Du formst aus uns ein Schönheitsideal.

Ein Biss vom saftigen Döner.
Siehe da! Er macht wirklich schöner!

„Jetzt ist aber wirklich genug!"
schrie Harald völlig entnervt.

„Ich kann den ganzen scheiß nicht mehr hören. Ich habe jetzt Lust auf eine Rote Wurst! Zum Teufel mit dem Döner!"

Gerds braun gebranntes Gesicht wurde schlagartig bleich. Die Fußgänger in Hörweite blieben alle stehen und schauten die beiden verwundert an. Gerd flüsterte, inzwischen mit Leblebi[22] großen Schweißperlen auf der Stirn:

„Relativiere! Um Himmels Willen relativiere Deine Aussage!"

„Was soll ich relativieren?"
flüsterte Harald zurück.

„Deine Aussage eben. Der Döner ist hier heilig. So wie die Kuh in Indien. Jetzt relativiere um Himmelswillen, sonst stecken die uns noch hinter Türkische Gardinen."

Jetzt musste Harald improvisieren. Er schaute demütig gen Himmel, spreizte die Arme weit aus und predigte in einem leidenschaftlichen Ton:

„Das würdest du wohl gerne Luzifer, he? Du darfst niemals vom köstlichen, heiligen Döner kosten..."

Gerd zupfte indessen hektisch an Haralds Hose und versuchte so unauffällig wie möglich; ohne seinen Mund zu bewegen:

„Seit wann wohnt denn der Teufel da oben, verdammt noch mal?"

Dies veranlasste Harald zu einem abrupten Richtungswechsel. Instinktiv spuckte er auf den Boden und wieder-

---

22 Geröstete Kichererbsen

holte seine Worte. Das Spucken gefiel den Türken sehr. So sehr, dass die Menge zu applaudieren begann. Gerd gesellte sich dem Spucken bei. Die Leute fingen daraufhin alle zu spucken an. Ein wahres Spuckerama befiel die Passanten.

„Harald, bist Du das?"

sprach eine zierliche, junge Frau mit schwarzen Haaren, während sie sich langsam zu ihnen herantastete. Harald war gerade dabei die letzten Spuckreserven in seinem Mund zu mobilisieren. Gerd war schon weiter. Er zapfte schon seine Naseninnenhöhlen an.

„Harald!"

schrie nun die junge Frau und klopfte auf seinen Rücken. Harald, der noch gebückt war, schoss erschrocken nach oben. Die Kollision der Köpfe war nicht zu vermeiden. Sie fiel daraufhin bewusstlos zu Boden. Gerd, der immer noch mit seinem Nasenschleim beschäftigt war, bekam von alldem gar nichts mit. Völlig schockiert kniete Harald sofort zu der Frau und spendete ihr eine leidenschaftliche Mund zu Mund Beatmung. Was Besseres fiel ihm in dieser Notsituation nicht ein. Vielleicht waren es auch ihre sinnlichen Lippen, die Harald zu dieser Aktion getrieben hatten. Er setzte ab um Luft zu holen und da machten ihm seine Neuronen darauf aufmerksam, dass er die junge Frau, die gerade vor ihm lag, kannte. Seine Lippen zitterten und ehe er sich der Situation voll im Klaren werden konnte, schlug eine Faust aus dem toten Winkel in sein Gesicht.

„Harald? Harald? Ist alles okay mit Dir?"

waren die ersten Worte, die er in der Notaufnahme vernahm. Er fasste sich an seinem bereits lädierten Kinn und sprach leise.

„Was ist geschehen? Wer hat mir eine..."

„Mach Dir keine Sorgen, mein Freund. Es war nur ein Missverständnis."

Aus dem Flur dagegen waren laute Schreie zu hören. Es war Ahmet, der Bruder von Ayşe:

„Wo ist dieser Schiwayineflayschfresser? Er wagt es meine Schwester zu schlagen und dann noch zu vergewaltigen. Wenn ich diese Kartoffel nur vor die Fäuste kriege..."

Das Geschrei wurde immer leiser und leiser bis es schließlich verstummte.

„Wie geht es Ayşe? Ist sie verletzt? Ich muss sofort zu ihr?"

„Dir scheint es ja schon wieder richtig gut zu gehen. Mach Dir keine Sorgen. Sie hat nur eine leichte Gehirnerschütterung und eine kleine..."

Harald stand wie vom Blitz getroffen auf und eilte sofort aus dem Zimmer.

„... eine kleine Platzwunde am Kopf ..."

murmelte Gerd leise hinter ihm her.

Harald fiel in jedes Zimmer ein um Ayşe zu suchen. Einige Ärzte versuchten ihn vergeblich zu beruhigen. Nach etwa zwanzig Türen packte er gewalttätig einen Mann im weißen Kittel und schüttelte ihn so lange bis dieser ihm den Aufenthaltsort von Ayşe preisgab.

„Ayşe, wie geht es Dir? Es tut mir so unendlich leid!"
und näherte sich an ihr Krankenbett. Ayşes obere
Stirnhälfte war mit einem riesigem Pflaster versehen. Sie
schien zu schlafen. Er nahm ihre Hand und streichelte sie
sanft mit seinem Daumen. Ayşe öffnete daraufhin ganz
leicht ihre Augen und als sie Harald erkannte, lächelte
sie ihn an. Ihre Blicke trafen sich jedoch nicht. Ayşe, die
von den Wirkungen der Schmerzmittel wie gelähmt war,
schloss wieder ihre Augen und schlief mit einem leich-
ten Grinsen im Gesicht ein. Harald wachte an ihrem Bett
und quälte sich mit Schuldgefühlen. Er sah sie genauer an
und stellte fest, dass sie noch schöner geworden war, als
zu der Zeit vor seiner Abreise. Die beiden kannten sich
schon seit ihren Kindertagen. Ayşe war die erste Frau, die
Harald geküsst hatte. Ayşe war die einzige Frau, die Harald
jemals wirklich geliebt hatte. Er erinnerte sich, wie er ihr
im Abschlussjahr des Kindergartens seine Liebe beichten
wollte. Er sammelte all sein Mut, ging zu ihr und küsste sie
auf den Mund. Daraufhin wurde Ayşe unendlich wütend
und verprügelte ihn. Als klein Harald durch Ayşes leidenschaftlichen Schläge (er empfand sie als äußerst sinnlich
und heilsam) zu Boden ging, stürmten Mini-Osmanen herbei und verpassten ihm schmerzliche Fußtritte. Daraufhin
krempelte Ayşe wutentbrannt ihre Ärmel hoch und verprügelte die Mini-Osmanen. Sie schlug so heftig zu, dass einer
von ihnen sogar einen Zahn verlor. Als die Mini-Osmanen
die Flucht ergriffen, reichte Ayşe Harald die Hand und half
ihm aufzustehen. Danach begutachteten sie zusammen seine Prellungen. Harald konnte sich noch gut erinnern wie

jede Berührung von Ayşe sein Herz zum Flattern brachte. Bei der Einschulungszeremonie geschah dann etwas Unglaubliches. An diesem Tag küsste Ayşe dann völlig unerwartet Harald auf die Backe. Bis zur vierten Klasse waren sie dann ein Herz und eine Seele. Als Harald dann widerwillig auf das Gymnasium (er versuchte alles um auf die Realschule zusammen mit Ayşe gehen zu können) versetzt wurde, trennten sich zwangsweise ihre Wege. Einige Monate vor seiner Abreise liefen sie sich zufällig über den Weg und es funkte von neuem zwischen den beiden. Doch Ayşe löschte den Funken mit ihrer Aussage, dass sie bereits versprochen sei und dass ihre Eltern es niemals erlauben würden, dass sie miteinander heirateten. Nicht die verwirrenden Interpretationsmöglichkeiten der Quantentheorie waren der wahre Grund für die Forschungsreise gewesen, sondern der Liebeskummer, der ihn nicht mehr loslassen wollte. Jetzt hatte es wieder zwischen ihnen gefunkt. Eigentlich war es kein Funken, sondern vielmehr ein loderndes Feuer.

Harald beugte sich gerade zu Ayşe vor um sie auf die Stirn zu küssen, als der Oberarzt und Gerd den Raum betraten.
„Du hast wohl immer noch nicht genug was?"
flüsterte Gerd druckvoll. Völlig unbeeindruckt von Gerds Worten küsste Harald Ayşe sanft auf die Stirn.
„Wie gut sie riecht! Wie süß sie schmeckt!"
„Sag mal, bist Du jetzt völlig übergeschnappt. Ihr Bruder läuft wie ein Geistesgestörter durch die Klinik und sucht nach Dir und Du hast nichts anderes im Kopf als…

... Dr. Fischer hat ihn, um ihn von dir fernzuhalten ins Untergeschoss zu den Leichen geschickt. Außerdem wartet Dein Vater sicherlich schon ungeduldig auf Dich. Ich habe Ihm versprochen, dass wir pünktlich sein werden. Jetzt komm schon, Harald Deutscher!"

Dr. Fischer wurde daraufhin neugierig.

„Ist das der Harald Deutscher, der uns von den Türken befreien soll?"

„Jein!"

versuchte Gerd sein Verplappern wieder zurechtzubiegen. Seit Wochen sprach man in engen Kreisen schon über Haralds Theorie, die die Rückeroberung ermöglichen sollte.

„Es ist mir eine Ehre sie kennen lernen zu dürfen, Herr Deutscher."

Harald war von all dem völlig unbeeindruckt. Er reichte nicht einmal dem Arzt die Hand. Für ihn war in diesem Moment nur eines wichtig - das Wohlbefinden von Ayşe.

„Darf ich vielleicht die Nacht über bei Ihr bleiben?"

„Ich weiß nicht, ob das eine so gute Idee…"

Doch so weit kam es nicht. Gerd packte Harald am Arm und zog ihn energisch zu sich.

„Du hast es wohl immer noch nicht kapiert, was? Du musst Deutschland von den Türken befreien, verdammt noch mal! Begreifst Du das nicht? Du hattest anscheinend mal eine Theorie entwickelt. Die gilt es jetzt zu verwirklichen. Ich weiß zwar nicht, was das genau für eine Theorie sein soll, aber laut Deinem Vater muss sie revolutionär sein. Wir müssen jetzt aber wirklich gehen! Hast Du mich verstanden

Harald?„

Gerd wirkte ungewohnt ernst und nachdrücklich. Diese Seite von ihm kannte Harald bis dato nicht. Doch dann machte es klick bei Harald. Seine einst verfasste Theorie zur ‚Assimilation der Lebewesen'. Plötzlich wurde ihm klar, wieso alle in ihm den Erlöser sahen.

„Sie ist doch aber noch nicht fertig. Schon gar nicht experimentell überprüft...“

flüsterte er leise vor sich hin.

„Was, Deine Theorie ist nicht vollständig?“

zuckte Gerd zusammen.

„Sogar die Arithmetik ist unvollständig!“

konterte Harald trocken.

„Ich verstehe nicht ganz! Könnten Sie mich vielleicht aufklären?“

funkte der Arzt etwas beleidigt dazwischen. Er war es nicht gewohnt nicht im Mittelpunkt zu stehen. Schon gar nicht in einem Krankenhaus.

Harald drückte Dr. Fischer ein paar Goldnuggets in die Hand und bat ihn, Ayşe besonders fürsorglich zu behandeln. Dr. Fischer war sehr überrascht. Er kannte diese Art der Bestechung nur von Türken. Noch verwirrter war er vom Bestechungsmaterial. Harald küsste zum Abschied Ayşe noch einmal auf die Stirn, flüsterte ihr etwas ins Ohr und anschließend machten sie sich endlich auf den Weg zum Institut.

Als sie am ‚Institut zur Erhaltung der deutschen Sprache'
eintrafen, war schon die Dämmerung eingebrochen. Vor
der Tür blieben sie kurz stehen und Gerd sagte zu Harald.

„Sag bitte nicht Deinem Vater, dass ich mich verplappert
habe."

„Mach Dir keine Sorgen, mein Freund. Wichtig ist, dass Du
heute als Sieger aus dem Wettbewerb gehst."

„Oh mein Gott!"

schrie Gerd.

„Wie spät ist es? Wie spät ist es?"

„Es ist gleich… es ist gleich 20Uhr, wieso?"

„Ich muss sofort in die Neue Moschee. Die Entscheidung
fängt gleich an… drück' mir die Daumen …"

Gerd war schon einige Meter entfernt und sein Gang wurde immer schneller.

„Vielleicht siehst du mich nachher bei der Siegerehrung im
Fernsehen … und grüß' Mustafa ganz lieb von mir."

Seine letzten Worte vermischten sich mit den Gesängen
der Muezzins, die in diesem Moment aus allen
Himmelsrichtungen ertönten. Harald blieb noch eine Weile
vor der Tür stehen und lauschte den Aufforderungen zum
Gebet. Er empfand sie als sehr schön und wohltuend. Er
dachte in diesem Moment:

„Man muss sich zu allererst dem Neuen vorurteilslos öffnen, und erst wenn man es erfahren bzw. verstanden hat,
sollte man darüber urteilen."

Gelassen betrat Harald das Institut. Kaum drinnen angelangt, schrie auch schon ein kleiner Junge.

„Herr Deutscher, Herr Deutscher, Ihr Sohn Harald ist endlich gekommen!",

Der Junge rannte diesmal halb stolpernd, halb hüpfend die Treppen hinauf. Als Harald an der Treppe stand, kam ihm Mustafa in militärischer Haltung entgegen. Ebenso war seine Fragestellung.

„Wo warst Du?"

„Ach, wir haben vor lauter Spaß die Zeit vergessen. Wo ist mein Vater?"

„Er ist in seinem Büro und wartet schon auf Dich. Eigentlich wartet er auf ein Wunder."

Harald stieg gelassen die Treppen hinauf, vorbei an Mustafa, den er mit keinem Blick würdigte; am Ende der Stufen blieb er stehen, drehte sich um und sagte:

„Übrigens, ich soll Dich ganz lieb von Gerd grüßen."

Und grinste dabei. Mustafa schüttelte nur den Kopf und sagte:

„Dieser Träumer. Der glaubt ja tatsächlich, dass er Deutschlands Muezzin Nummer Eins werden kann."

Ganz behutsam öffnete Harald die Tür. Er sah wie sein Vater am Schreibtisch sitzend ein Buch las. Seine Aufschriebe zur Assimilation der Lebewesen waren im ganzen Raum verstreut.

„Wieso gehst Du nicht rein?"

hörte er plötzlich eine Stimme hinter sich. Es war Mustafa.

„Hast Du irgendwelche Bedenken? Wir müssen sofort Deine Theorie durchgehen. Einige Punkte haben wir nicht verstanden… es ist uns ein Rätsel wie Du darauf gekommen bist und ein noch größeres sie zu verwirklichen. Es ist

Zeit Licht ins Dunkle zu bringen."

Mustafa und Harald setzten sich vorsichtig auf die Couch im Büro des Vaters. Karl-Gustav machte keine Anstalten sie wahrzunehmen. Obwohl die Zeit drängte, hielt er das Buch in seiner Hand für wichtiger. Mustafa räusperte ein paar Mal laut, jedoch ohne Erfolg. Harald versuchte inzwischen den Titel des Buches zu erspähen. Seine Augen waren aber zu schlecht um aus dieser Entfernung die Buchstaben entziffern zu können. Daraufhin bat er leise Mustafa um Hilfe.

„Vom Sein zum … von … Ilya Pr…"

„weiter kann ich nicht lesen. Er hat seine Finger davor."

Harald genügte dies, denn es konnte sich nur um das Buch „Vom Sein zum Werden" von Ilya Prigogine handeln.

„Denkst Du über den Zeitpfeil nach, Vater?",

sprach er selbstbewusst. Karl-Gustav reagierte immer noch nicht. Harald bohrte weiter:

„Wenn Du eine Zeitmaschine bauen willst, dann empfehle ich Dir das Buch ‚Die Zeitmaschine' von H. G. Wells. Es ist pragmatischer, einfacher und spannender."

Der Vater ging immer noch nicht auf Haralds Worte ein. Dann versuchte es Mustafa mit lauter Stimme:

„Herr Deutscher, ich denke wir sollten gleich mit der Analyse von Haralds Theorie beginnen. Meinen Sie nicht, dass wir schon genug Zeit verloren haben?"

Auch Mustafa vermochte nicht Herrn Deutscher aus seiner gespielten Muse herauszulocken. Harald wusste nur zu gut, dass sein Vater sauer auf ihn war. Denn immer wenn er beleidigt war, zuckte sein linkes Auge. Es zuckte diesmal so sehr, dass man es sogar hören konnte.

Harald stand schließlich auf, sammelte die Blätter vom Boden ein und begann, die erlösenden Worte für den Vater zu verkünden:

„Meine Theorie ist noch nicht ganz fertig, aber mit ein bisschen Gehirnschmalz könnten wir die entscheidende Formel vielleicht noch heute Nacht finden. Sobald wir sie gefunden haben, testen wir dann das ganze an einer Person und..."

Zum ersten Mal seit langem lächelte Karl-Gustav wieder, als er die heilsamen Worte des Sohnes hörte. Er legte das Buch und seine Lesebrille beiseite, und stellte seine Frage, die ihn schon seit geraumer Zeit beschäftigte:

„Du bist der Meinung, Deine Theorie könnte man wahrmachen bzw. umsetzen?"

„Es spricht nichts dagegen. Wir müssen nur noch die Formel formulieren und dann... ja dann müssen wir den künstlichen Virus-Prototyp, wie ich sie in meiner Arbeit beschrieben habe, erschaffen bzw. programmieren. Dazu werden wir aber ein modernes Laboratorium brauchen und..."
Plötzlich schwieg Harald und runzelte seine Stirn.

Bevor ich mit der Geschichte fortfahre, möchte ich Ihnen kurz Haralds Theorie „Die Assimilation der Lebewesen" erläutern.

Harald hatte seine Theorie ursprünglich vor zirka 13 Jahren aus nimmer enden wollendem Liebeskummer entwickelt. Er konnte und wollte einfach nicht begreifen, warum er Ayşe nicht heiraten durfte. Unterschiedliche

Religionen, Herkünfte, Bräuche usw. trieben ihn, als unüberwindbare Barrieren, in den Wahnsinn. Er wollte einen Weg finden, wie man alle Menschen der Welt zur ein und derselben Gesinnung transformieren konnte. Keine Vorurteile und somit kein Rassismus, keine Glaubenskriege usw.

Seine umfangreichen Kenntnisse auf den Gebieten der Quantenmechanik, Biochemie, Künstlichen Intelligenz und Kybernetik kamen ihm dabei sehr zu gute. Harald war ein extrem bescheidenes Genie. Er schrieb heimlich seine Arbeit und erzählte es keiner Menschenseele. Er wollte kein Ruhm, sondern nur Ayşe.

Seine Theorie hier vollständig zu erklären, würde den Rahmen dieser Erzählung sprengen. Ich werde mich nur auf das Wichtigste beschränken.

Harald war der eigentliche Begründer der Nanotech- nologie und der Erste dem es gelungen war, den Mikrokosmos mit dem Makrokosmos, ohne dass dabei die Resultate der Gleichungen unendliche bzw. unsinnige Größen ausspuckten, zu vereinen. Allein hierfür hätte er bereits den Nobelpreis erhalten müssen. Seine Theorie würde es sogar rechtfertigen ihn mit Newton und Einstein in einem Atemzug zu nennen.

Seine Theorie ermöglicht, künstliche Viren - mit programmierbarem Bewusstsein zu züchten. Mit diesen Viren werden dann die zu assimilierenden Lebewesen infiziert und je nach Art der Programmierung werden die befallenen Lebewesen dann innerhalb kurzer Zeit transformiert bzw. assimiliert. Die dafür erforderliche Programmiersprache schuf er selbst und nannte sie Assimili+-. Die Sprache beruhte auf der Quantenlogik. Eine Logik, die nicht das Ganze als Summe seiner Einzelteile darstellt. Das Plus und das Minus sollten auf die möglichen positiven und negativen Folgen der Theorie hinweisen. Letzteres war auch der Grund wieso er die Theorie nie zu Ende geschrieben hatte. Seine Angst war zu groß, dass einige übermotivierte Mächte es für ihre eigenen Vorteile hätten verwenden können. Bei unkontrollierter Anwendung könnte die Theorie die Welt in kürzester Zeit auf den Kopf stellen. Je nachdem mit welchen Tugenden man die Viren programmierte. Seine Assimilationsmethode war weit innovativer als die der Borgs.

„Und was?"
entgegnete ihm der Vater leicht gereizt.
„Wir benötigen ein Rastertunnelmikroskop und einige weitere Instrumente und Materialen. Ich wüsste nicht, wie und wo wir auf die Schnelle all das besorgen könnten?"
Herr Deutscher stand mit Nachdruck auf und zeigte mit dem Finger auf Mustafa.
„Mustafa, Du schreibst Dir jetzt alles was Harald für die Umsetzung seiner Theorie braucht auf, und klebst Dich sogleich hinter den Hörer und machst ausfindig wo wir all die benötigten Instrumente und Materialien herbekommen können."
Mustafa nickte pflichtbewusst und seine Augen strahlten dabei. Zum ersten Mal seit langem hatte er etwas Sinnvolles zu tun. Zum ersten Mal schien die Rückeroberung

Deutschlands Formen anzunehmen. Der Vater war aber noch nicht fertig.

„Und Du, Harald, machst Dir, solange ich mich im Bad für die anstehende Herausforderung frisch mache, Gedanken über die Formel. Wir müssen die Theorie noch heute in eine vollständige mathematische Form gießen."

„Aber Vater, ich weiß nicht, ob wir die Theorie anwenden sollten. Sie kann böse... und außerdem ist die Mathematik unvollständig…"

Karl-Gustav hatte schon das Zimmer verlassen, als Harald seine moralischen Ängste dem Vater nahe bringen wollte. Es war zu spät für irgendwelche Einwände. Jedoch konnte es mit Deutschland so nicht weiter gehen. Irgendetwas musste getan werden. Die Präsenz der Türken war erdrückend und wurde von Tag zu Tag immer mehr. Mustafa indes stand schon bereit, um die benötigten Utensilien zu notieren. Dazu nahm Harald seine fast fertige Theorie in die Hand und diktierte Mustafa alles was für die Umsetzung vonnöten war. Während er die Seiten überflog, erschien ihm plötzlich die noch fehlende Formel vor seinen Augen. Wie von einer unsichtbaren Macht gelenkt, nahm er von Mustafa den Stift aus der Hand, kramte ein Stück Papier aus seiner Hosentasche hervor und notierte die Formel darauf. Die Gleichung stand nun auf der Rückseite des Milli-Piyango Loses, das er am Tag zuvor am Hauptbahnhof gekauft hatte bzw. gezwungen wurde zu kaufen.

„So, das müsste stimmen!"

Mustafa hingegen wusste nicht so recht wie er darauf reagieren sollte. Er schaute Harald schweigend an.

„Versuche es zuerst in der Schweiz. Die könnten all das Zeug haben."

Den Auftrag entgegennehmend, verließ er sofort das Zimmer. Mustafa war eben ein sehr pflichtbewusster und gehorsamer Türke.

Als Haralds Vater wieder ins Zimmer kam, sah er seinen Sohn auf der Couch schlummern. Harald war gerade in seinen Träumen bei Ayşe: Sie spazierten Hand in Hand am Spreeufer. An einem kleinen Imbiss blieben sie stehen und kauften sich eine Rote Wurst. Als Ayşe gerade von der Wurst abbeißen wollte, holte ihn der Vater, indem er mit der Hand laut auf den Tisch schlug, in die Realität zurück.

„Verdammt noch mal! Wie kannst Du jetzt nur ans Schlafen denken? Lass uns sofort an der Formel arbeiten!"

Harald schreckte auf und kämpfte für einen Moment mit der Orientierung. Dann reichte er dem Vater das Milli-Piyango Los. Der Vater zerknüllte es und warf es gegen den Fernseher. Der schaltete sich daraufhin wie von Geisterhand ein und eine Frau, die gerade dabei war die Zahlen der Milli-Piyango Ziehung aufzusagen, war auf dem Bildschirm zu sehen.

Die Zahlen 3 – 1 – 4 – 1 – 5 – 9 – 2 erschienen auf dem Bildschirm. Beide schauten etwas ungläubig auf die Mattscheibe.

„Ich kenne diese Ziffernfolge von irgendwo her!"
murmelte der Vater.

„Ich auch"
sagte Harald. Es waren keine 3,14 Sekunden vergangen, da sprachen beide gleichzeitig:

„Das sind die ersten sieben Stellen der Zahl Pi!"

Wie kleine Kinder freute man sich zu dieser späten Stunde über diese vermeintlich triviale Erkenntnis.

„...Der Glückspilz kann sich über die Gewinnsumme von genau 31,4 Millionen Euro freuen... bitte bleiben Sie dran... nach genau 100 Werbeeinblendungen sehen sie bei uns exklusiv die Siegerehrung von ,Deutschland sucht den Muezzin'..." trällerte die Kommentatorin im Fernsehen weiter. Harald nahm das zerknüllte Los in die Hand und überreichte es dem Vater.

„Auf der Rückseite steht die endgültige Formel, die uns noch fehlte. Wir müssen jetzt nur noch meine Arbeit realisieren."

Der Vater knüllte es hastig auf und inspizierte sie gründlich. Während er die Formel begutachte, gab er staunende Laute von sich.

„Du bist ein Genie, mein Sohn! Wieso bin ich nicht selbst darauf gekommen. Ich habe einfach zu kompliziert gedacht. Wie konnte ich nur Ockhams Rasiermesser missachten. Wie elegant Du die Schrödinger-Gleichung umgeformt hast... und den Hamilton Operator ..."

Entspannt lehnten sie sich zurück und richteten ihre Blicke zur Decke. Vater träumte von der Wiederauferstehung der deutschen Kultur und Harald von den sinnlichen Lippen Ayşes. Einige Zeit verging, bis sie schließlich von Gerds Stimme zurückgeholt wurden. Gerd war im Fernsehen und wurde frenetisch gefeiert. Er hielt in der linken Hand einen fetten Döner, in der rechten eine Schachtel Türkish-Delight und eine Pistole.

„Ich glaub´s nicht. Er hat gewonnen. Er hat gewonnen!"
schreckte Harald auf, schrie um sich und fasste sich dabei
an den Kopf. Der Vater blickte wie hypnotisiert auf den
Fernseher, fast so, als ob Außerirdische seine Seele ange-
zapft hätten. Dann endlich kam er zu sich:
„Was will der mit der Pistole?"
Gerds Worte konnte man nicht verstehen, denn der Jubel
um ihn herum war gewaltig. Er wurde abgeknutscht, auf
den Schultern getragen und wurde sogar mehrmals in die
Luft katapultiert. Gerd war jetzt der Star Muezzin von
Deutschland.
Als die Menge sich endlich beruhigt hatte, führte man Gerd
auf ein kleines Podest. Man nahm ihm den fetten Döner und
den Türkish-Delight aus der Hand. Das Fernsehen zeigte
daraufhin abwechselnd in Großaufnahme: die Kuppel der
Neuen Moschee und Gerd.
„Die Kuppel, die Kuppel!"
schrie Harald wie ein kleines Kind. Sie war immer noch
in undurchsichtige Folie umhüllt. Haralds Spannung stieg
explosionsartig. Dann ging alles sehr schnell. Gerd feuerte drei Schüsse in den Himmel ab und gleichzeitig wurde die Spitze der Kuppel enthüllt. Nun war die Kuppel in
Großaufnahme zu sehen. Ein Halbmond, dessen Spitzen
mit einem Dönerspieß verbunden waren. Das Symbol der
Tülliminaten.
„Was für eine Überraschung!"
seufzte der Vater mit verzogenem Gesicht. Hinter der
Mosche gingen mehrere Dutzend Feuerwerke in die
Luft. Tausende Pistolen- und Gewehrschüsse zerschnit-

ten den Nachthimmel. Neu Istanbul feierte seine größte und vielleicht letzte Party in dieser Nacht. Nach zirka 3,14 Minuten wurde die Menge aufgefordert still zu sein, denn Gerd sollte seine grandiose Stimme live demonstrieren. Gerd stieg auf das Podest, legte seine rechte Hand auf sein rechtes Ohr und begann mit seiner unnachahmlichen Stimme den Gebetsruf zu singen. Seine Stimme verzauberte sogleich die Menge. Harald und Karl-Gustav waren vom Klangspektrum überwältigt.

„Du hattest mit der Schweiz recht, Harald!"
stürmte Mustafa ins Zimmer. Er fand beide wie gebannt auf den Fernseher starrend, vor.

„Was? Gerd hat den Wettbewerb gewonnen? Das gibt es doch nicht. Was hat dieses gottverdammte Symbol auf der Kuppel einer Moschee zu suchen..."
brüllte Mustafa entsetzt. Sein Brüllen zerfetzte die behagliche Stimmung.

„Du hast wichtige Informationen für uns, Mustafa?"
fragte Karl-Gustav und setzte sich mit der zurückgekehrten Nüchternheit an seinen Schreibtisch.

„Jawohl, Herr Deutscher! Ich habe auf Haralds Empfehlung hin mit meinen Recherchen in der Schweiz angefangen. Schnell wurde ich dabei fündig. Eine kleine hightech Firma in der Nähe von Zürich kann uns alles Erforderliche zur Verfügung stellen. Wir könnten sogar gleich morgen mit der Arbeit beginnen... Es ist ihnen sogar egal welche Absichten wir mit unserer Arbeit verfolgen... "
strahlte Mustafa im ganzen Gesicht.

„Und wo ist der Haken an der ganzen Sache?"

funkte Harald misstrauisch dazwischen.

„Sie wollen für das Ganze... satte 30 Millionen Euro!"

„Die spinnen doch, die Schweizer! Woher zum Teufel sollen wir denn 30 Millionen Euro herbekommen?"

schrie Karl-Gustav fassungslos und raufte dabei an seinen ohnehin nicht allzu vielen Haaren. Die anfängliche Euphorie verflog innerhalb von wenigen Nanosekunden. Der Vater nahm erneut das Los mit der Formel auf der Rückseite in die Hand, zerknüllte es und warf es gegen die Stehlampe. Daraufhin ging das Licht an, genau wie vorhin der Fernseher. Diesmal hob Mustafa das Los auf und faltete es auseinander. Er schaute sich die Formel mit zusammengekniffenen Augen an.

„Das sieht ja aus wie die Formel von ... hmmm"

Dann wendete er das Los und schaute sich die Ziffernfolge mit zusammen gekniffenen Augen an:

„Ha, was für eine wunderbare Ziffernfolge:

$3 - 1 - 4 - 1 - 5 - 9 - 2.$"

rief er den beiden zu. Daraufhin schreckten Harald und sein Vater wie von einer Wespe gestochen, auf. Da Harald näher bei Mustafa stand, war er derjenige der Mustafa das Los aus der Hand riss. Er schaute sich die Ziffernfolge aus unterschiedlichen Blickwinkeln an.

„Sind es die ersten sieben Stellen der Zahl Pi? So sag doch was, Sohn?"

Mustafa begriff nicht was vor sich ging.

„Was ist denn los? Was soll denn das Ganze?"

„Wir haben gewonnen! Wir haben 30 Millionen Euro gewonnen!"

schrie Harald im Zimmer herumhüpfend. Dann umarmte er Mustafa, den Vater, den Fernseher und die Stehlampe. Als Gerd dann schließlich voll gepackt mit Geschenken in der Hand durch die Tür fiel, stürmten alle auf ihn. Er dachte zuerst, dass alle sich über seinen Sieg freuten. Doch als er erfuhr, dass die Rückeroberung Deutschlands in greifbare Nähe gerückt war, wurde er ein bisschen traurig. Er machte sich Sorgen über seine zukünftige Karriere als Muezzin der Neuen Moschee. Insgeheim wünschte er sich sogar das Scheitern des Projektes.

Kleiner Nachtrag:

Bei den zahlreichen scharfen Schüssen, die während der Feier in die Luft abgefeuert wurden, wurden 314 Menschen zum Teil schwer verletzt und 3 kamen ums Leben. Die meisten erwischte es, als sie die Feierlichkeiten auf ihren Balkons mitverfolgten. Unter den Toten war auch ein dreizehnjähriger Junge, der als das viel versprechendste mathematische Talent von Europa galt. Die Kugel durchbohrte sein linkes Auge und hinterließ einen riesen Krater an seinem Hinterkopf.

Fünftes Kapitel

Der Auftrag - und Wolframs Machtübernahme

Sie feierten bis in den Morgengrauen hinein. Gerd verließ sie kurz vor dem Sonnenaufgang, denn er musste seinen ersten offiziellen Gebetsruf verkünden. Seine Stimme, die nun über all in der Stadt zu hören war, wiegte alle (außer natürlich die betenden Moslems) sanft in den Schlaf. Früh am Morgen berief Karl-Gustav ein Meeting unter seinen engsten Vertrauten ein und berichtete ihnen von dem Plan. Gegen 03:14 p.m. erteilte er dann offiziell den Auftrag: „Die Assimilation der Türken". Sie verbrachten den ganzen Nachmittag damit, sich auf die Reise in die Schweiz vorzubereiten. Da sie noch eine Testperson benötigten, beauftragten sie kurzerhand Mustafa einen typischen Türken zu besorgen. Die Akquise ging viel einfacher vonstatten als zunächst gedacht. Mustafa legte in einigen Wettbüros Zettel mit folgendem Inhalt aus:

„Testperson zur Transformation gesucht"

Die Vergütung erfolgt in Form eines Gutscheins für einen Sportwetten Lehrgang an der Vatanhochschule[23] „Beynini doldur Moruk[24]" …

23 Volkshochschule

24 Umgs. „Füll Dein Hirn Penner"

83

Es vergingen keine zehn Minuten, da glühten auch schon die Telefonleitungen des Instituts. Das Sportwettendiplom war der angesehenste Titel im Land. Erst der Lehrgang berechtigte das Diplom zu machen. Hatte man das Diplom einmal in der Tasche, war man in der Gesellschaft angesehener als ein Arzt oder ein Anwalt (Naturwissenschaftler hingegen waren in der Hierarchie ganz unten). Mustafa entschied sich für den 314ten Anrufer. Das Team, das in die Schweiz versandt wurde, bestand aus: Karl-Gustav, Harald, Mustafa, Wolfram und dem Probanden Ali. Gerade als sie aufbrechen wollten, kam eine junge Frau angerannt. Sie hatte in der Hand einen großen Karton. In dem Karton waren Bundeswehrjacken mit den Worten:

Proud German, but not Nazi!

an den rechten Ärmeln bestickt.

Mit voller Stolz und Rechtsradikalismus im Nanobereich (das kleine bisschen wurde von keinem geringeren als Wolfram beigesteuert) machten sie sich auf den Weg. Als sie an der Grenze ankamen, war es schon tiefste Nacht. Die Schweizer quälten sie mit Fragen, durchsuchten dreimal den Jeep und als sie nach etwa sechs Stunden immer noch nichts in der Hand hatten, ließen sie sie endlich passieren.
„Wir hätten die Jacken nicht anziehen sollen!„
schüttelte Karl-Gustav schnaufend den Knopf.
Am späten Vormittag erreichten sie schließlich das Labor. Man empfing sie herzlich. Immerhin war es der lukra-

tivste Auftrag mit dem das Labor jemals beauftragt worden war. Im Gegensatz zu den Grenzposten, stellten die Labormitarbeiter keine unangenehmen Fragen. Sie verhielten sich neutral.

Sogleich machte man sich an die Arbeit. Sie kamen sehr gut voran. So gut, dass Harald schon etwas misstrauisch wurde. Unterstützte vielleicht Gott ihr Vorhaben? Am nächsten Morgen war der Prototyp schließlich fertig. Er musste nur noch entsprechend programmiert werden.

„So, wir sind fast fertig. Wir müssen nur noch die Parameter eingeben. Welche Verhaltensmuster sollen denn die zukünftigen Bürger von Deutschland aufweisen?"

sprach er zufrieden in die kleine Runde. Der Vater räusperte sich und blickte zu Mustafa. Wolfram hingegen rollte energisch zu Harald rüber und hatte gleich ein Dutzend Adjektive parat.

„fleißig, ordentlich, pünktlich, verstandesgesteuert usw. „

„Überlass das lieber mir, Wolfram. Wir wissen doch alle, dass Du gelegentlich ins Extreme schwappst."

intervenierte Karl-Gustav gelassen. Wolframs Gesicht nahm ernste Züge an. Er senkte den Kopf, griff unter seinen Rollstuhl, zog eine Pistole heraus und richtete sie auf Haralds Kopf. Entsetzt schreckten Karl-Gustav und Mustafa zurück. Harald hob instinktiv seine Hände hoch.

„Du brauchst Deine Hände jetzt auf der Tastatur!"

brüllte ihn Wolfram an. Die Schweizer, die das ganze aufmerksam mitverfolgten, taten so, als ob das Ganze sie nichts angehen würde. Karl-Gustav versuchte unterdessen Wolfram vergeblich zu beruhigen. Als er sich bei ihm erkundigte, ob dieser denn seine Medizin genommen hätte, rastete Wolfram vollends aus und feuerte einen Warnschuss ab.

Genau in diesem Moment stürmten mindestens zehn bewaffnete Männer in das Labor. Einige von ihnen waren Karl-Gustav und Mustafa bereits bekannt.

„Deserteure!"

schrie Mustafa.

„Wenn Du nicht sofort ruhig bist, wirst Du auch noch assimiliert werden. Ich wollte Dich eigentlich verschonen."

fauchte Wolfram ihn an. Mustafa kochte innerlich und war kurz davor auf Wolfram loszugehen. Vater Karl-Gustav beruhigte ihn jedoch mit seinen Blicken. Wolfram, der die Macht nun an sich gerissen hatte, sprach mit künstlich beruhigender Stimme:

„Von nun an übernehmen wir die Regie! Wir werden Deutschland ein für allemal von diesen Eindringlingen befreien. Ab jetzt zählt nur noch eins: Deutschland den Deutschen!"

„Das kannst Du nicht machen, Wolfram. Es ist viel zu gefährlich. Wir müssen die Assimilation vorsichtig durchführen. Wir dürfen nicht alle Türken zu Deutschen machen. Wir müssen ein gesundes Gleichgewicht schaffen."

entgegnete ihm der Vater eindringlich. Dann wollte Harald was sagen, aber als Wolfram ihm die Pistole an den Kopf drückte, blieben ihm die Worte im Hals stecken. Als Pazifist hatte er eine lähmende Phobie vor Schusswaffen. Wolfram hingegen wirkte immer mehr wie ein übermotivierter SS-Mann. Er strahlte volle Entschlossenheit aus.

Die Männer führten Karl-Gustav und Mustafa ab. Harald

dagegen musste bleiben. Er musste den Virus nach Wolframs Anweisungen programmieren. Es fiel ihm schwer dies zu tun, aber das Leben von seinem Vater und Mustafa waren ihm in diesem Moment weitaus wichtiger. So programmierte er Zeile für Zeile, die von Wolfram diktierten typisch deutschen Verhaltensmuster und Tugenden.

Als sie endlich fertig waren, holten sie den Probanden Ali herbei. Dieser fluchte, drohte mit tötenden Schlägen und versicherte allen Anwesenden, dass das Ganze noch ein böses Nachspiel haben werde.

„Ich verpasse wegen euch Wixern die besten Wetten. Wenn ich euch auf der Straße erwische, dann gibt 's paar auf eure scheiß Fressen und ich mache Sünnet[25] mit euch. Ihr scheiß Kartoffelfresser!"

Harald beruhigte ihn daraufhin auf Befehl von Wolfram.

„Ali, der erste Test dauert nur einige Minuten. Wenn Du jetzt kooperativ bist, kannst Du schon bald wieder wetten gehen."

Harald nahm das Blatt mit den Testfragen in die Hand und stellte seine erste Frage:

Frage 1:

Harald: Wie lautet der Satz des Pythagoras?

Ali: Willst Du mich verarschen, oder was?

---

25 Beschneidung

Frage 2:

Harald: Wenn ein Deutscher Deine Schwester anmachen würde, wie würdest Du darauf reagieren?

Ali: Ich schwöre, ich würde diesem Schweinehund so die Fresse polieren, oh Moruk ich... ich würde ihm den Schwanz abhacken.

Frage 3:

Harald: Ein Deutscher Mann darf mit einer türkischen Frau nicht schlafen. Aber ein türkischer Mann darf mit einer deutschen Frau schlafen. Findest Du das nicht ungerecht?

Ali: Deutsche Männer sind alle Schwuchtel. Deutsche Männer sind wie Kartoffel. Nichts Besonderes, weißt Du. Sie sind alle Feiglinge und sehen einfach scheiße aus.

Harald: Du hast meine Frage nicht beantwortet.

Ali: Fick dich doch. Du laberst auch wie eine Schwuchtel. Was ungerecht oder was weiß ich. Schwuchtel bleibt Schwuchtel.

Frage 4:

Harald: Du willst sicherlich, dass Deine zukünftige Frau noch Jungfrau ist. Habe ich recht?

Ali: Das ist vollkommen korrekt, Moruk. Endlich Mal eine gute Frage.

Frage 5:

Harald: Nenne mir die fünf Säulen des Islams?

Ali: Ich, ich glaube beten und…und... ach ich weiß net so genau jetzt. Ich bin gläubiger Moslem aber ich kenne mich mit Islam net so gut aus. Aber ich sage Dir, für mein Land und Religion und meine Brüder würde ich, weißt Du, mein Leben opfern. Wir sind nicht solche Feiglinge wie Ihr. Wir halten zusammen, Moruk.

Ali wurde wieder abgeführt. Er bekam ein mit dem Virus infizierten Döner zum Essen. Der Virus brauchte laut Haralds Berechnungen maximal 1 Stunde um die befallenen vollständig zu transformieren bzw. zu assimilieren. Die Transformation erfolgte schlagartig. Während Ali nichts ahnend genüsslich den Döner verzehrte, breitete sich der Virus in ihm aus. Harald, der immer noch unter Wolframs Gewalt stand, hoffte insgeheim darauf, dass seine Theorie nicht Erfolg haben würde. Denn sie wollten ursprünglich nur eine leichte Assimilation bzw. Anpassung durchführen. Wolfram sah das aber anders. Nach etwa einer Stunde wurde Ali wieder herbeigeholt. Diesmal verhielt er sich sehr ruhig. Er setzte sich auf den Stuhl und wartete auf Anweisungen. Harald stellte ihm nun erneut ein paar Fragen und spürte schon bei Alis Anblick, dass sich einiges verändert hatte.

Frage 1:

Harald: Wie hat Dir der Döner geschmeckt?

Ali: Ganz okay würde ich sagen. Ein bisschen zu scharf und vielleicht etwas zu viel Knoblauch. Ansonsten war er durchaus genießbar.

Frage 2:

Harald: Wie lautet der pythagoreische Lehrsatz?

Ali: Ha, das ist einfach. Der pythagoreische Lehrsatz besagt, dass in einem rechtwinkligen Dreieck die Summe der Kathetenquadrate gleich dem Hypotenusenquadrat ist. Sind a und b die Katheten und c die Hypotenuse, so gilt: $a^2 + b^2 = c^2$

Harald: Sehr schön!

Frage 3:

Harald: Wie denkst Du über die Türken in Deutschland?

Ali: Wie meinen Sie das genau?
Harald: Gibt es etwas, dass Dir an Ihnen nicht gefällt?

Ali: Grundsätzlich habe ich nichts gegen Türken aber jeder der in Deutschland lebt, sollte sich entsprechend anpassen. Diese Typen, die an jeder Ecke rumlungern, die kann ich absolut nicht leiden. Die schauen einen immer so angriffslustig an. Wenn man ihnen zu lange in die Augen schaut, dann fragen die einen gleich ob man ein Problem hat; kaum sind einige Sekunden vergangen, hat man wirklich ein Problem. Wenn man versucht mit ihnen zu reden, dann erhält man als Antwort nur: „Was? Halt die Fresse! Scheiß Kartoffel Du..." Ich glaube die Jungs haben einfach zu viel überschüssige Energie und eklatante sprachliche als auch rhetorische Defizite. Zumindest was die Deutsche Sprache anbelangt. Wegen diesen Typen muss man immer die Straßenseite wechseln. Ich meine, man kann sich nicht einmal in seinem eigenen Land frei bewegen.

Des Weiteren finde ich die Kopftuchfrauen ein wenig unheimlich. Sie sind alles andere als kommunikativ. Sogar junge Mädchen müssen Kopftuch tragen. Das ist meiner Meinung nach schon strafbar... so schöne Haare. Sie gehen nur raus um einzukaufen und das war's auch schon. Ich denke diese Art der Bekleidung gehört nicht nach Europa. Und all diese Moscheen... die sollten lieber Schulen errichten und das sachliche argumentieren erlernen...

Frage 4:

Harald: Was denkst Du über Religion bzw. wie sollte man sie Deiner Meinung nach leben?

Ali: Ich bin ein gläubiger Christ. Sieht man es mir vielleicht an? Nein - ich versuche meinen Glauben in meinem Herzen zu leben. Einige der Türken versuchen ihren Glauben bei jeder sich ergebenden Gelegenheit zu demonstrieren bzw. nach außen hin zu tragen. Manche versuchen sogar das islamische Gesetz, die Scharia in Deutschland zu praktizieren bzw. durchzusetzen. Hey, wir sind doch nicht im Mittelalter oder im Sudan! So was macht man nicht. Ich appelliere daher an so etwas wie den Euro-Islam. Einem nach innen gerichteten Islam. Von außen kaum wahrnehmbar. Nur wenn sich Menschen von anderen Menschen nicht bedroht fühlen, kann eine fruchtbare Gesellschaft gedeihen. Nur so kann meiner Meinung nach auch ein ernsthafter Dialog stattfinden. Wenn ...

Harald: Ich denke das genügt, Ali. Noch eine letzte Frage. Bitte fasse dich kurz.

Frage 5:

Harald: Sollte man die Juden bzw. Israel nicht mehr bevorzugt behandeln? Ich meine...

Ali: Ich habe schon verstanden worauf Sie hinaus wollen. Dass, was in der Vergangenheit passiert ist, ist grausam und nur schwer mit Worten auszudrücken. Ich möchte hier nichts schönreden, aber wenn man zurückblickt, hatten fast alle Nationen ihre Genozide. Die Geschichte quillt über vor Grausamkeiten. Eine offizielle Entschuldigung ist sicherlich nicht ausreichend und man sollte es immer wieder in Erinnerung rufen, aber Israel auf Lebenszeit eine Sonderstellung bzw. zu allem was sie machen und sagen Amen zu sagen, halte ich für unangebracht. Man sollte auch Kritik ausüben dürfen, ohne dabei gleich als Antisemitist oder als Nazi verurteilt zu werden. Ich kann einfach nicht verstehen wie z.B. eine Journalistin mit der Buber-Rodenzweig-Medaille ausgezeichnet werden kann, wenn sie auf der Bühne mit voller Stolz verkündet: „Der palästinensische Junge wurde nicht von einem israelischen Soldaten getötet, sondern die Kugel kam aus den eigenen Reihen." Tosender Applaus daraufhin. Tatsache ist, dass ein kleiner Junge in den Armen seines Vaters gestorben ist. Ob nun von palästinensischen oder israelischen Kugeln ist meiner Meinung nach sekundär. Gewalt, Demütigung und der nimmer enden wollender Hass beider Parteien haben diesen Jungen und tausend weitere getötet, und nicht eine palästinensische Kugel. Als ob das nicht genug wäre, sagte sie noch, so weit ich mich noch erinnern kann: „Viele glauben, dass die Palästinenser nicht schwer bewaffnet wären und dass sie die eigentlichen Opfer dieses Konflikts seien. Das stimmt überhaupt nicht..." und wieder tosender Applaus. Was soll das Ganze? Worauf will sie hinaus? Nur weil sie jüdischstämmig ist, darf sie noch lange nicht... unter den Gästen waren Intellektuelle von hohem Rang, Politiker, Künstler... einfach unglaublich... REDET WAHRHEIT - ja, das sollte man tun, aber von allen Seiten bitte! Man sollte sich stets bemühen den Konflikt auch holistisch zu bewerten. Eine Wirkung kann mehrere Ursachen haben... und andersherum genauso... Ich könnte noch...

Harald: Danke das genügt.

Wolfram, der das Ganze hinter einem nicht sichtbaren Fenster mitverfolgt hatte, war mit dem Ergebnis zufrieden. Die Assimilation von Ali war ein voller Erfolg. Im Anschluß an den Test begann die Massenproduktion der Viren.

„Ohne Dich wäre Deutschland verloren. Wir danken Dir für Deine Arbeit. Wir werden euch für ein paar Tage hier behalten müssen, um das Projekt nicht zu gefährden. Du verstehst schon. Wenn die Assimilation vollständig durchgeführt worden ist, werde ich euch dann höchstpersönlich in die neue Heimat bringen. Ich weiß, Du denkst, dass die Parameter, die ich Dir diktiert habe zu überzogen und hinsichtlich der Zukunft Deutschlands gefährlich sind. Aber glaube mir, ich weiß was ich tue. Am Ende werdet Ihr mir noch alle danken. So, jetzt muss ich der Bundeskanzlerin die gute Nachricht übermitteln. Bitte entschuldige mich. Ach übrigens, Ali nehmen wir mit. Ein Prachtkerl dieser junge Mann, nicht? Das ist Dein Verdienst Harald, das ist Dein Verdienst..."

Wolfram wendete mit seinen Rollstuhl und fuhr mit gleichmäßigem Tempo fort. Während Harald von zwei kräftigen Männern abgeführt wurde, schrie er verzweifelt zu Wolfram:

„Du weißt nicht was Du da tust, Wolfram. Soziologie war noch nie Deine Stärke. Lass uns das alles noch einmal sorgfältig durchgehen... ohne weitere Tests ist die Operation zu gefährlich... Wolfram, so höre doch!"

Doch Wolframs Ohren waren taub für Haralds Besorgnisse. Unbeeindruckt und mit einem Grinsen im Gesicht verschwand er hinter der Fahrstuhltür.

Harald wurde zu Mustafa und Karl-Gustav gebracht. Als sie ihn sahen, stürmten sie auf der Stelle zu ihm und bombardierten ihn mit Fragen.

„Dieser Mistkerl! Wie konnte er das nur tun?"

fluchte der Vater immer wieder.

„Hat es geklappt? Hat es geklappt?"

Mustafa schien in eine Endlosschleife geraten zu sein.

Harald erzählte ihnen alles bis ins kleinste Detail.

Ihnen blieb nichts weiter übrig, als zu warten. Harald hatte ungeheure Sehnsucht nach Ayşe. Er flehte die Schweizer an, telefonieren zu dürfen. Doch die Schweizer blieben stur:

„Wir wollen uns nicht in Ihre Angelegenheiten einmischen. Bitte haben Sie Verständnis dafür."

Karl-Gustav wurde von Stunde zu Stunde wütender. Er bat die Schweizer um einen Whisky. Zuerst freundlich, dann jedoch immer unverschämter:

„Verdammt noch mal, ich bin nicht Stiller! Mein Name ist Deutscher und ich bin Deutscher. Jetzt bringt mir endlich einen Whisky! Ihr Möchtegern Papst Beschützer, jetzt bringt mir endlich einen Whisky..."

Er sackte auf die Knie:

„Bitte, bitte... es muss auch kein schottischer sein. Ich nehme auch amerikanischen... "

Mustafa und Harald sahen dem Treiben des Vaters genüsslich zu. Karl-Gustav wurde mit seinen Bettelversuchen immer kreativer und dramatischer. Es war eine wahre schauspielerische Glanzleistung, die er darbot.

Während der Whisky immer noch auf sich warten ließ, nahm in Deutschland das Unvermeidliche ihren Lauf. Die Assimilation der Türken wurde mit deutscher Gründlichkeit vorbereitet. Die schweizerischen Präzisionsinstrumente machten es erst möglich. Die türkische Gelassenheit sollte es schließlich immens erleichtern, denn auf die war immer Verlass.

Harald musste unentwegt an Ayşe denken.

„Wäre Sie immer noch dieselbe nach der Assimilation? Würden Ihre Augen immer noch so funkeln? Würde Sie immer noch so temperamentvoll sein? Was würde mit dem Döner, der Neuen Moschee passieren und wie würde Gerds Karriere weitergehen?"

Fragen über Fragen, auf die er keine Antworten zu geben vermochte.

„Wäre doch alles nur so klar und berechenbar wie in der Mathematik", flüsterte er leise vor sich hin.

Eins war den ‚Gefangenen' zu diesem Zeitpunkt mehr als bewußt: Deutschland würde sich bis zur Unkenntlichkeit verändern. Ein Genozid ohne Todesopfer wurde gerade vorbereitet. Ein Genozid, den er erst mit seiner Theorie ermöglicht hatte. Er hatte die gleichen Gewissensbisse, wie einst die Wissenschaftler, die die Atombombe mit ihren Forschungen und Gleichungen erst ermöglicht hatten.

„Was ist, wenn die Amerikaner meine Theorie in die Hände bekommen? Fast Food, Kreationismus, grenzenlose Aufrüstung und... vielleicht gäbe es dann keine Kriege mehr, denn wenn alle Menschen auf der Welt Amerikaner wären, dann gebe es auch keine Achse des Bösen... Und was ist mit den Chinesen? Die brauchen meine Theorie gar nicht... die werden so oder so die Welt in den nächsten Jahrzehnten erobern..."

spekulierte Harald vor sich hin. Karl-Gustav versuchte unterdessen Optimismus zu verbreiten:

„Na, vielleicht haben wir ja bald unser Brandenburger Tor wieder. Wir können sicherlich dann auch ohne jedes Mal angepöbelt zu werden, wieder Schweinefleisch auf den Strassen essen... und die Deutsche Sprache und Dichtkunst könnte wieder aufblühen... "

Mustafa versuchte ebenfalls auf seine Art und Weise Optimismus zu verbreiten:

„Diese getürkten Türken haben den wahren Islam nur beschmutzt und Ihr Ansehen auf der Welt beschädigt. Sie haben die Religion nur als Machtinstrument benutzt. Das ist einer der schlimmsten Verbrechen, die man begehen kann. Da sind mir deutsche tausendmal lieber ... ich hoffe nur, dass sie hinreichend warmherzig sein werden... endlich wird man dem wissenschaftlichen Denken wieder mehr Raum bieten ... ich freue mich schon riesig auf die unzähligen Podiumsdiskussionen und Vorträge ..."

Und Harald? Er sagte unentwegt:

„Wäre ich doch bloß in Alaska geblieben. Hätte ich doch nur eine Bäckerei in Dawson City eröffnet. "

Sechstes Kapitel

Die Assimilation der Türken
(Ein moderner Genozid ohne Todesopfer!)

Die Viren wurden dem Dönerfleisch, schwarzem Tee, Trinkwasser und der ColaTurka beigemischt. Wolfram und seine Männer hatten ein leichtes Spiel, da ‚echte' Deutsche als Qualitätsmanager und Chefingenieure immer noch im Reich der Tülliminaten - aus Mangel an eigenen qualifizierten Mitarbeitern - im Einsatz waren. So wie die Osmanen zu seiner Zeit Juden und Christen in den Serails angesehene und wichtige Jobs ausüben ließen. Eine riskante und zeitintensive Infiltration war somit nicht nötig.

Nach etwa vier Tagen kam Wolfram zurück ins Labor. Er wurde von der Kanzlerin und einer kleinen Delegation begleitet. Als sie das Zimmer betraten, strahlte Wolfram übers ganze Gesicht - die Assimilation war erfolgreich. Die Kanzlerin, die man schon als vermisst gemeldet hatte, klatschte dezent in die Hände und hüpfte leicht (es war eigentlich mehr ein Wippen), als sie Harald erblickte. Die Schweizer sahen dem Treiben wie immer neutral zu. Wenn sie etwas sagten, dann nur um zu klären, ob das Geld schon überwiesen worden sei und dass bei säumiger Überweisung zusätzliche Kosten anfallen würden. Die Kanzlerin verlangte an Ort und Stelle ein persönliches Gespräch mit Harald. Insbesondere interessierten sie die quantenmechanischen Punkte der Theorie. Harald erklärte ihr alle Details und war von ihren physikalischen Kenntnissen sehr beeindruckt.

„Dass die Quantenmechanik mal Deutschland retten würde, hätte ich nicht gedacht. Da habe ich ja instinktiv das Richtige studiert."

und lachte dabei süß. Ihr Lachen hatte etwas kindliches.

„Vielleicht sollten wir ein Ministerium für Quantenmechanik schaffen. Immerhin war ihr Begründer ein Deutscher."

fügte sie abschließend hinzu.

Wolfram dagegen versuchte energisch Karl-Gustavs und Mustafas Herz zurück zu gewinnen. Er sagte vieles, und das Wichtigste davon war:

„Ihr werdet Deutschland nicht wieder erkennen. Innerhalb weniger Stunden wurde das vertürkte Deutschland wieder zu dem Deutschland, das wir einst so geliebt und geschätzt hatten. Karl-Gustav, Dein Sohn ist ein wahres Genie. Ich schäme mich dafür, dass ich anfangs an ihm gezweifelt habe. Ich werde veranlassen, dass Du, Harald und Mustafa mit dem Bundesverdienstkreuz ausgezeichnet werdet. Und vielleicht auch Ali, weil er der erste assimilierte Türke ist. Aber das Beste kommt noch. Damit Ihr euch selbst ein Bild von der grandiosen Wirkung machen könnt, haben wir Berlin noch nicht assimiliert."

„Puh, Ayşe wurde noch nicht assimiliert!"

flüsterte Harald erleichtert während er von der Kanzlerin

gehuldigt wurde. Ihm fiel ein Stein vom Herzen, als er Wolframs Worte vernahm. Mustafa ebenfalls, denn seine ganze Familie und seine Zukünftige wohnten in Berlin. Die restlichen Verwandten, die verstreut im ganzen Land lebten - ja, für die war es zu spät. Aber die konnte er eh nicht ausstehen, denn sie waren dogmatisch gesinnt und hatten nichts für Wissenschaft und Bücher übrig. Für sie war die Assimilation sicherlich einem geistigem Quantensprung gleich gekommen und somit was Positives.

So machten sie sich gemeinsam auf den Weg nach Berlin. Während der Fahrt versprach die Kanzlerin Karl-Gustav übers Handy (sie telefonierten über eine Stunde. Danach simsten sie knappe drei Stunden. Die Kanzlerin liebte das Simsen abgöttisch. Ganz besonders faszinierte sie die Frage, wie bzw. mit welcher Methode man mit 164 Zeichen die maximale Information übertragen konnte.), dass sie noch am Abend mit aller Macht versuchen werde das Brandenburger Tor von den Chinesen zurück zu kaufen.

„Wir haben noch einige bedeutende Patente in der Hand mit denen wir sie weich kochen könnten. Eines dieser Patente ermöglicht die exakte Kopie des Originals, egal welcher Apparatur. Da werden sie sicherlich nicht widerstehen können. Machen sie sich keine Sorgen, Herr Deutscher! Schon bald wird das Brandenburger Tor wieder das Wahrzeichen der Stadt Berlin sein."

Die hoffnungsvollen Worte der Kanzlerin ermöglichten dem Vater die restliche Strecke der Fahrt schwerelos zu dösen. Harald dachte hingegen nur an eins. „Wie kann man die Assimilation von Berlin noch verhindern? Ayşe darf nicht assimiliert werden!"

Er liebte an ihr ganz besonders ihre anatolischen Verhaltensmuster. Ihr Einfühlvermögen, ihr Humor, ihre von Sinnlichkeit quellenden Augen und ihre besitzergreifenden Handlungen. All das würde die Assimilation zunichte machen.

Als sie endlich in Berlin reinfuhren, war in der Tat von der Assimilation weder etwas zu sehen noch zu spüren. Wolfram hatte nicht gelogen. Die zweispurige Straße wurde weiterhin wie eine vierspurige benutzt. Zebrastreifen schmückten lediglich den Asphalt und hatten keinen Nutzen. Wenn ihr Fahrer, ein bereits assimilierter Türke, vor einem Passanten anhielt, wurden sie gleich wüst beschimpft und ihr Auto mit zerknüllten, wertlosen Wettscheinen und leeren Zigarettenschachteln beworfen. An jeder Ecke standen junge, aufgepumpte Männer mit seltsamen Frisuren und Bartschnitten. Manche von ihnen sahen aus, als ob sie gerade in einer menschlichen Tuningwerkstatt gewesen wären und andere wieder hingegen, als ob sie gerade erst von einem abgelegenen anatolischen Dorf gekommen wären.

Als sie an einer Ampel warten mussten, sahen sie einen Imam[26], der auf einem Podest stand. Gehrinwäsche betreibend, sprach er zu seinen Jünglingen:

---

26 Vorbeter in der Moschee; Titel für verdiente Gelehrte des Islams

„Diese Christen sehen in Euch nur Barbaren. Für die seid Ihr nichts weiter als hirnlose Proleten. Sie sehen in Euch die erbärmlichen und unfähigen Nachfolger, der einst so großen Osmanen. Sie verzerren die Geschichte, indem sie alle großen Errungenschaften der Geschichte auf ihr eigenes Konto gutschreiben. Damit wollen sie Minderwertigkeitskomplexe in Euch wecken und Euch damit lähmen. Sie wollen Euch in Vernunft tränken und eure Herzen einfrieren. Sie wollen, dass Ihr Mathematik, Physik, Chemie studiert, Bücher lest und dann alles kritisch hinterfragt. Ganz besonders wollen sie, dass Ihr den Islam kritisch hinterfragt. Wie kann man nur Gottes Worte kritisch hinterfragen? So wollen sie euch vom Islam distanzieren und euren Glauben schwächen. Der Islam hat ein Buch, dass die gesamte Weisheit der Welt in sich trägt. Wozu dann noch Naturwissenschaften, eigene Gesetze, eigene Philosophie, eigene Weltansichten, eigene Ethik? Es steht bereits alles in diesem Buch aller Bücher geschrieben. Sie wollen euch nur von diesem fernhalten. Seid standhaft Ihr Kinder des Halbmonds mit dem Dönerspieß. Lest es, auch wenn Ihr die Worte nicht begreift. Wir sagen und belehren Euch aus diesem Buch. Ich sage es noch einmal. Lest es, auch wenn Ihr es nicht versteht. Lest es, auch wenn Ihr es nicht lesen könnt. Der Imam ist Euer eigentlicher Verstand. Der Imam ist der Herrscher über Eure Neuronen. Der Imam sagt Euch, was ihr tun und denken sollt…

... Sie wollen Euch weismachen, dass der Islam ungerecht und brutal sei. Zweifelt keine Sekunde daran. Zweifelt Ihr, so ist Euch ein Platz in der Hölle reserviert...

Vergesst nicht, die Christen haben auf dieser Welt zehnmal mehr Blut vergossen als die Moslems. Wollt Ihr wissen, wie viele Moslems von Christen getötet worden sind? Nein, das wollt Ihr nicht wissen. Wenn ich es Euch sagen würde, dann würdet Ihr auf der Stelle zusammenbrechen...

... Sie wollen, dass Ihr Euren Frauen mehr Freiraum gebt und ihnen erlaubt sich freizügig zu kleiden, damit sie ihre gierigen Blicke an ihnen stillen können. Diese Ungläubigen werden alle in der Hölle schmoren, das schwöre ich euch. So wahr ich hier stehe…

... Ihr müsst stets das tun was die Imams euch anordnen. Wenn Ihr dies zu Herzen nimmt, dann werdet Ihr im Paradies aufgenommen und hundert bildhübsche Jungfrauen werden Euch dort empfangen. Ihr habt mein Wort. Und mein Wort kommt gleich nach dem Wort Gottes...

... Vergesst nicht, der Türke ist der prächtigste Moslem unter den Moslems. Der Türke ist zum Herrschen geboren. Der Türke wird nie wieder Knecht sein. Der Türke ist die Krönung des göttlichen Schaffens...“

Mustafa kochte über (die anti-wissenschaftlichen Aussagen setzten ihm ganz besonders zu), er riss die Autotür auf und rannte wutentbrannt dem Imam entgegen.

„Schenkt seinen Worten keinen Glauben. Er ist ein Heuchler und führt Euch in die Irre. Er verschleiert nur den wahren Islam. Wollt Ihr wissen, was der Prophet wirklich gesagt hat?"

Der selbst ernannte Imam und die kleine Menge schauten Mustafa verwundert an. Harald eilte Mustafa hinterher um ihn zu beruhigen und um eine Eskalation zu verhindern. Mustafa war aber nicht zu besänftigen.

„Ich zitiere Euch Unwissenden die Worte des Propheten. Reist Eure gottverdammten Ohren auf und versucht wenigstens einmal in eurem Leben etwas zu begreifen.

Der Prophet sagte:

„Die Wissenschaft ist die Seele des Islam und Stütze des Glaubens. Derjenige, der Wissen erwirbt, wird von Gott belohnt. Derjenige, der Wissen erwirbt und dieses auch anwendet, den lehrt Gott, was er nicht weiß.

Und jetzt hört gut zu, Ihr Söhne des Halbmonds. Die folgenden Worte sind von größter Bedeutung:

Ein für den Wissenserwerb verbrachter Tag ist Gott lieber als 100 Kriege für Gott.

Habt Ihr das verstanden? Ich will wissen, ob Ihr mich verstanden habt, Ihr verfluchten... brennt es in Eure Hirne ein, für die Ewigkeit und weiter?„

Harald packte Mustafa am Arm und zerrte ihn gewaltsam zum Auto. Mustafa war den Tränen nahe. Die folgenden Worte schrie er bereits schluchzend dem selbst ernannten Imam zu, während Vater und Sohn ihn ins Auto zerrten:

„Der wahre Moslem liebt die Wissenschaften. Er ist Physiker, Mathematiker und Philosoph zugleich. **Wissenschaftliche Forschung ist Dschihaaad!"**

„Jetzt beruhige Dich Mustafa. Zwing mich nicht Dich auch noch zu assimilieren."

mahnte Wolfram erregt.

„Ach, halt doch Deine Klappe, Wolfram."

entgegnete ihm Karl-Gustav. Harald indessen versuchte Mustafa zu trösten. Er weinte und sagte immer zu:

„Diese scheiß Kanaken. Diese verfluchten Kanaken. Diese selbst ernannten Imame. Sie sind an allem Schuld. Sie sind mit der Hauptgrund, wieso der Islam sich den Wissenschaften verschlossen hat. Man sollte sie alle..."

„Assimilieren!"

rief Wolfram lachend und reichte dabei Mustafa ein Taschentuch.

„Zum Glück haben die Türken nicht reagiert. Mustafas energischen Worte haben sie vermutlich zu sehr überrascht und gelähmt. Vielleicht haben sie Mustafas Worte gar nicht verstanden... oder sie dachten, er wäre ein Geistesgestörter... stellt Euch mal vor, die hätten uns angegriffen... ihre Tritte können sehr schmerzhaft sein..."

schüttelte Karl-Gustav den Kopf und legte seine Hand auf

Mustafas Schulter um ihn ebenfalls zu trösten.

Als sie an der Neuen Mosche vorbeifuhren, sahen sie einen großen Menschenandrang davor. Kopftuchfrauen hielten beschriftete Transparente hoch, die allesamt Gerd huldigten:

„Wir sprengen uns für dich in die Luft!"

„Gerd, entjungfere uns!"

„Deine Stimme ist schöner als die von Ibo[27]"!

Harald bat daraufhin den Fahrer kurz an der Straßenseite zu halten. Wolfram und Karl-Gustav versuchten dies zu verhindern, jedoch ohne Erfolg. Harald agierte zu entschlossen. Er stieg sofort aus und lief zu der Menschenmenge. Er traute seinen Augen nicht, als er Gerd beim Autogramme schreiben sah. Die Menschen versuchten sich zu ihm vorzukämpfen. Ein Blitzlichtgewitter brach über Gerd ein. Harald schrie mehrmals nach Gerd, jedoch taten das hunderte andere auch und ihm blieb nichts anderes übrig als sich zu ihm vorzukämpfen. Das war weitaus schwieriger als zunächst gedacht. Die Mehrzahl der Anwesenden waren Kopftuchfrauen. Harald hatte ungeheure Angst sie zu berühren. Gerd hatte ihm gesagt gehabt, dass er sie auf keinen Fall berühren und ihnen nicht in die Augen schauen dürfe. Sonst drohten üble Tritte von der Sippschaft.

---

27 türk. Sänger, Ibrahim Tatlıses kurz Ibo: Schauspieler, Produzent, Unternehmer usw.

Nicht selten musste man die berührte bzw. angeschaute Kopftuchfrau heiraten, sich beschneiden lassen und zum Islam konvertieren. Da er noch nie gut in Mikado war, kam für ihn, das Vorkämpfen durch die Menge, nicht in Frage. Er musste eine andere Lösung finden um zu Gerd zu gelangen. Harald dachte kurz nach, schaute um sich, und da fiel ihm auch schon was ein. Er riss das Megaphon aus der Hand eines Security Mannes und brüllte mit ganzer Kraft: „Schweinefleisch! Schweinefleisch! Achtung, überall Schweinefleisch!"

Diese Worte waren Gift für die Ohren der Kopftuchfrauen. Sie kreischten wie wild gewordene Hühner und lösten sich in Bruchteilen von Sekunden in alle Himmelsrichtungen auf. Harald stand nun ganz alleine vor Gerd. Sogar die Security Männer waren alle geflüchtet. Sie schauten sich ungläubig an. Gerd hielt gerade ein Kopftuch zum signieren in der Hand.

„Was ist passiert?"

fragte Gerd stotternd.

„Du musst sofort mit mir kommen?"

befahl Harald.

„Ich kann doch jetzt nicht meine Fans im Stich lassen."

„Wenn Du jetzt nicht mitkommst, dann wirst Du bald gar keine Fans mehr haben."

Daraufhin nahm Harald seine Hand und flüsterte ihm zu: „Berlin wird noch heute Nacht assimiliert. Wolfram hat die Unternehmung an sich gerissen und dabei die Kontrolle verloren. Wir müssen ihn mit allen Mitteln aufhalten. Wenn wir es nicht schaffen, dann wird es keine Moscheen und

Türken mehr in Deutschland geben. Keine Moschee = Kein Muezzin. Kein Muezzin = Kein Superstar Gerd. Klingelt es bei Dir? Hast Du mich verstanden?"

Gerd presste sich das noch unsignierte Kopftuch an die Brust und wirkte total konsterniert.

„Keine Türken = Kein Döner, Kein Döner = Keine Schönheit ..."

„Jetzt komm endlich, Gerd. Die Sicherheitskräfte der Tülliminaten sind schon im Anmarsch. Jetzt komm endlich!"

Harald zog Gerd wie ein kleines Kind hinter sich her. Das wedelnde Kopftuch in dessen Hand, ließ die beiden wie tanzende Schwäne aussehen. Die Sicherheitskräfte kamen indes immer näher. Mustafa und Karl-Gustav, die das Geschehen vor dem Auto wartend, aufmerksam und spannungsgeladen mitverfolgt hatten, reagierten sogleich und machten instinktiv das Richtige. Sie gingen zum Kofferraum und holten ein paar Schweinshaxen heraus. Diese hatten sie von den Schweizern anstelle des Whiskys geschenkt bekommen gehabt. Mustafa, der Kräftigere von beiden, warf die Schweinshaxen in perfekten Parabeln in Richtung der heraneilenden Security Männer.

„Seid ihr verrückt geworden! Das ist deutsches Kulturgut, das ihr gerade durch die Luft schleudert. Nimmt doch meine Pistole!"

schrie Wolfram aus dem Auto und hielt dabei seine Waffe aus dem Fenster.

Die fünfte Haxe traf schließlich einen Sicherheitsbeamten am Schädel und riss ihn schmerzvoll zu Boden. Sofort blieben seine Kollegen stehen um sich nach dessen Wohlbefinden zu erkundigen. Die kullernden Haxen wurden auch sofort eingesammelt und noch an Ort und Stelle untersucht. Ihre Diagnose führte schnell zur Gewissheit. Man hörte sie dann nur noch schreien:

„Alarm, Alarm, Schweinshaxen identifiziert! Alaaarm ..."

Gerd und Harald erreichten unversehrt das Auto. Kaum waren sie eingestiegen, da ertönten auch schon die Sirenen über der ganzen Stadt.

„Das ist der Kontaminierungsalarm!"

lachte Wolfram und verzog daraufhin gleich wieder sein Gesicht.

„Ich schwöre beim Deutschen Volk, dass ich euch alle assimilieren werde. Ihr macht nichts weiter als Probleme."

„Was habe ich denn nur schlimmes getan?"

heulte Gerd daraufhin los.

„Pass auf was Du da sagst, Wolfram"

fauchte Mustafa sichtlich gereizt.

Für weiteres Gezanke blieb keine Zeit mehr. Mit quietschenden Reifen fuhren sie in Richtung Institut los. Während der Fahrt heulte Gerd. Er wischte sich mehrmals die Tränen mit dem Kopftuch ab und als er seine Nase damit putzte, sagte Wolfram eindringlich.

„Sehr gut, Junge. Sehr gut. Befreie Deine Atemwege mit diesem völlig überflüssigen Stofffetzen."

Mustafa wurde richtig wütend.

„So was macht man nicht. Das ist ein religiöses Utensil. Gibt es denn niemanden mehr auf diesem Planeten der Respekt vor fremden Kulturgütern hat. Als ein belesener Mann soll-

test Du doch ein bisschen Feingefühl an den Tag bringen. Deine Aussagen sind rassistisch und provozierend."
„Das sagt genau der Richtige! Schmeißt mit deutschem Kulturgut auf Kan..., ich meine auf die Noch-Türken" nuschelte Wolfram. Gerd entschuldigte sich heulend daraufhin bei Mustafa und dann fing auch schon an seine Nase zu bluten. Das Kopftuch war jetzt zu hundert Prozent geschändet. Als Mustafa gerade wieder explodieren wollte, zwinkerte Harald ihm zu und machte eine Vernunft deutende Kopfbewegung um ihn wieder zu besänftigen. Karl-Gustav hielt sich die ganze Zeit nur die Hände vors Gesicht. Das Ganze war einfach zu viel für einen in die Jahre gekommenen Mann.

Ali, der schon auf sie wartete, empfing sie freundlich, aber nicht herzlich. Man sah den Ankömmlingen an, dass sie froh waren noch am Leben zu sein. Gerd war total bleich im Gesicht. Er sah aus, als ob er gerade von den Toten auferstanden wäre. Wolfram erteilte Ali einige komplexe Anweisungen. Ali nickte und machte sich gleich an die Arbeit.
„Kaum zu glauben, dass er mal ein Türke war. Deine Theorie ist wie ein Segen!"
sagte Wolfram zu Harald hinaufblickend. Harald dachte sich seinen Teil. Er war innerlich auf hundertachtzig.
„Sei froh, dass Du im Rollstuhl sitzt, denn sonst hätte ich Dich jetzt..."
„Willst Du mir vielleicht etwas sagen, Harald?"
sprach Wolfram provozierend. Harald war kurz davor ihn aus

dem Rollstuhl zu zerren um mit ihm einen Bodenkampf durch zu führen. Das wäre noch der fairste Kampf, dachte er sich.

„Die Herren haben nichts mehr zu sagen. Führen Sie sie ab! Nehmt auch die blutende Heulsuse mit."

befahl er seinen Leuten.

„Ihr werdet heute Abend eine tolle Show zu sehen bekommen. Versucht bis dahin ein bisschen zu schlafen, denn für diese Spektakel solltet Ihr fit sein."

rief ihnen Wolfram noch hinterher. Man sperrte sie in Karl-Gustavs Büro ein. Dann kam Ali ins Zimmer um nach dem Rechten zu sehen und zu fragen, ob sie Hunger hätten. Mustafa ging auf Ali zu, schaute ihm tief in die Augen und sprach zu ihm auf eine Art und Weise, die er höchst verabscheute:

„Hey Moruk, bu gavurlar sizi sikmek istiyor. Bizi burdan cikar ki, Türkleri kurtaralim![28]"

Mustafas türkisch war auch schon mal besser. Ali schaute ihn mit zusammen gekniffenen Augen an, schüttelte den Kopf und antwortete:

„Wenn Du in diesem Land kommunizieren willst, musst Du schon die deutsche Sprache sprechen. Ich habe kein Wort, von dem was Du gesagt hast, verstanden."

„Es ist hoffnungslos, Mustafa. Lass es sein!"

sprach Karl-Gustav resigniert.

„Verdammt Harald, konntest Du denn keine fehlerhafte Theorie aufstellen? Seit wann gelingt eine innovative Arbeit beim ersten Anlauf fehlerfrei. Wie machen wir das alles nur

---

28 etwa: „Hey Alter, die Ungläubigen wollen euch ficken. Hol‘ uns raus, damit wir die Türken retten können!"

wieder rückgängig?"

wollte Mustafa - durch das Zimmer auf und ab gehend - wissen. Harald hielt in diesem Moment das Buch ‚Vom Sein zum Werden' für wichtiger. Er blätterte darin, als ob es ein Comic wäre. Schüttelte den Kopf und lachte mehrmals. Dann legte er das Buch auf den Tisch und sagte:

„Macht euch keine Sorgen. Alles wird gut werden! Nichts hält ewig. Jede Phase hat einen Anfang und ein Ende."

Diese Worte holten Gerd aus seiner Lethargie heraus und impften ihm eine volle Dosis Hoffnung ein.

„Du bist der Meinung, ich werde mein Superstar Status nicht verlieren? Die Kopftuchfrauen werden mich weiterhin verehren?"

Harald klopfte auf die Schulter seines Freundes und nickte ihm freundlich zu.

„Wir sollten jetzt alle Wolframs Rat befolgen und ein wenig schlafen!"

Als sie sich schlafen legten, tuschelten Mustafa und Karl-Gustav miteinander.

„Dein Sohn wirkt so zuversichtlich. Gibt es etwas, was ich nicht mitbekommen habe?"

„Ich bin selber überrascht. Habe nicht die leiseste Ahnung was sich in seinen Neuronen abspielt. Er wird schon wissen was Sache ist. Wenn jemand die Assimilation rückgängig machen kann, dann mein Sohn. Ich hoffe nur, dass sie ein reversibler Prozess ist."

„Jetzt schlaft endlich!"

befahl Harald ihnen und läutete damit ein paar Stunden erholsamen Schlaf ein.

Harald und Karl-Gustav wurden von einem lauten Geschrei geweckt. Kaum hatten sie die Augen geöffnet packte Gerd Harald am Kragen und sagte:

„Mustafa ist weg. Sie haben Mustafa weggebracht."

Gerd hämmerte daraufhin mit den Fäusten gegen die Tür und schrie:

„Was habt Ihr mit Mustafa gemacht, Ihr Schweine? Das werdet Ihr noch alle büßen. Das schwöre ich beim Döner und dem Schweinshaxen."

Mustafa wurde von Wolframs Leuten in ein dunkles Zimmer, mit abgedeckten Fenstern, gebracht. Als er auf dem Flur Kinderstimmen hörte, die wie die Stimmen seiner Neffen klangen, stand er auf und versuchte mit aller Gewalt die Tür zu öffnen. Er schrie ihre Namen, hämmerte ebenfalls mit den Fäusten gegen die Tür und gerade als er mit etwas Anlauf die Tür einrennen wollte, wurde sie von Wolfram und seinen Männern geöffnet. Mustafa kam nicht sofort zu Stillstand, so dass er das Gleichgewicht verlor und Wolfram auf den Schoß fiel.

„Das nenne ich doch einen herzlichen Empfang! Ehrlich gesagt, werde ich ein wenig die Herzlichkeit der Türken vermissen. Ich hätte vielleicht im Labor Harald ein paar herzlichere Parameter diktieren sollen!"

Doch Mustafa blieb von dem komischen Missgeschick unbeeindruckt. Er hatte nur die Stimmen seiner Neffen in den Ohren und versuchte sie auch vor die Augen zu projizieren.

„Ich habe die Stimmen meiner Neffen gehört. Wenn Du Ihnen auch nur ein Härchen krümmst Wolfram, dann bringe ich Dich um. So wahr mir Gott helfe."

Wolfram ohrfeigte Mustafa zart. Dann nahmen ihn seine Gefolgsmänner von seinem Schoß und setzten ihn auf einen Stuhl. Wolfram verscheuchte die Männer und nun waren sie allein im Zimmer.

„Ich will nicht lange herumreden, Mustafa. Du weißt ich mag Dich sehr. Ich komme gleich auf den Punkt. Heute Abend wird Berlin, die einzige Stadt in Deutschland die noch nicht assimiliert wurde, assimiliert. Ich habe hier..."

Wolfram zog ein Dutzend Flugtickets aus der Tasche.

„... für Dich und Deine ganze Familie Flugtickets in die Türkei. Wir haben sogar an Deine Zukünftige gedacht. Ich will, dass Du und Deine Familie Deutschland noch heute verlassen tut. Ansonsten sehe ich mich gezwungen euch alle zu assimilieren. Für Türken gibt es keine Zukunft mehr in Deutschland. Vielleicht werden wir in ein paar Jahren vorsichtig die Grenzen wieder für Deinesgleichen öffnen aber momentan müssen wir uns Deutsche, nach all den Jahren der Unterdrückung, wieder regenerieren. Ich denke Du verstehst mich. Ich appelliere eindringlich an Deinen Verstand. Du bist einer der wenigen Türken vor denen ich wirklich Respekt habe."

Mustafa schien sichtlich geschockt von den Worten Wolframs zu sein. Nicht einmal in seinen kühnsten Träumen hätte er sich diesen Moment vorstellen können.

„Heißt das, Du willst mich und meine Familie abschieben?"

„Mustafa versteh mich bitte nicht falsch, aber mir bleibt keine andere...“

„Ich stand immer an eurer Seite und habe großen Anteil daran gehabt, dass Ihr all die Jahre in Ostberlin von den Türken in Ruhe gelassen wurdet. Ich war es, der euch schon so oft vor Tritten geschützt hat. Ist das der Dank dafür? Ist das der Dank für meine jahrelange Loyalität? Wir wollten Doch ein schönes, buntes Deutschland formen. Wir wollten doch, dass alle, egal welcher Herkunft und Religion, sich in Deutschland zu Hause fühlten. Wir wollten doch Deutschland zu einem grandiosen kulturellen Schmelztiegel machen... “

Wolfram wurde ungeduldig.

„Jetzt hör aber auf, Mustafa! Nur ein kleines Kind glaubt an solch eine Utopie. Jetzt mach´ es mir nicht unnötig schwer und nimm die Tickets.“

Er warf die Tickets auf den Tisch. Sie landeten darauf, wie ein Fächer, in einem perfekten Halbkreis. Beide verstummten für einen Augenblick als sie das sahen.

„Denk‘ an Deine Familie und nimm den Fächer... ich meine die Tickets. Der Flug geht in drei Stunden. Deinem Vater habe ich einen Scheck ausgestellt. Ich denke, dass der Betrag bei weitem größer ist als der Wert eurer zurückgebliebenen Sachen.“

„Dein Geld wollen wir nicht. Das kannst Du nicht machen, Wolfram. Ich bin hier geboren und aufgewachsen. Ich bin ein Deutscher. Vielleicht bin ich sogar deutscher als Du?“

„Glaub mir, nach der Assimilation wirst Du nicht mehr hier leben wollen. In Deinen Adern fließt eben türkisches Blut.

Einmal Türke, immer Türke. Ich muss jetzt los, die Show beginnt gleich."

Wolfram drehte ab und fuhr weg. Mustafa vergrub seinen ganzen Stolz und rief Wolfram bittend hinterher:

„Ich bitte Dich, Wolfram. Ich will Deutschland nicht verlassen... Deutschland ist auch mein Zuhause... Wolfraaam... Ich träume sogar auf deutsch und wenn ich bete, dann bete ich auf deutsch. Ich würde sogar für Deutschland kämpfen... In der Türkei bin ich doch ein Fremder ..."

und sackte schluchzend auf die Knie. Doch Wolfram rollte unbekümmert weiter. Man brachte Mustafa zu seiner Familie und bereitete sogleich ihre Abschiebung vor.

Siebtes Kapitel

Deutschland den ~~Türken~~ Deutschen

Harald und Karl-Gustav wurden in einem alten Mercedes vor ein Fünf Sterne Dönerrestaurant vorgefahren. Gerd hatten sie nicht mitgenommen, da sein psychischer Zustand zu labil war. Außerdem blutete er immer wieder aus der Nase. Sie parkten genau vor dem Restaurant, so dass sie ohne große Mühe das Geschehen im Inneren des Restaurants mitverfolgen konnten. Der Fahrer stellte den Motor ab und Wolfram begann zu reden:

„Ihr habt schon bei der Herfahrt sicherlich bemerkt, dass auf den Straßen weniger Leute waren. Keine Autos, die ständig gehupt haben. Die Wettbüros waren auch nicht so voll wie sonst. Das liegt daran, dass wir mit der Assimilation Berlins bereits vor drei Stunden begonnen haben. Jetzt müssten ungefähr neunzig Prozent der Türken in Berlin assimiliert worden sein. Ich kann es nicht oft genug wiederholen. Deine Theorie ist einfach die Sensation, Harald. Du bist ein noch größeres Genie als Newton, Darwin und Einstein zusammen.

Dieses Restaurant haben wir erst vor einer halben Stunde an das Netz mit den Viren angeschlossen, damit Ihr die Transformation live miterleben könnt. Das ist die Show von der ich heute Mittag sprach. Es wird bald losgehen. Ich denke, dass bin ich Euch schuldig."

Wolfram stand kurz davor seine Vision zu verwirklichen. Harald schaute traurig dem Treiben im Restaurant zu. Er dachte an Ayşe. Zu gerne hätte er jetzt mit ihr ein Candle-Light-Dinner in diesem schönen Restaurant gehabt. Dann plötzlich, wurde er unruhig. Er sah wie Ayşe gerade im Restaurant an einem Tisch Platz nahm. Er ging ganz nah an die Fensterscheibe um sicher zu gehen, ob es wirklich Ayşe war. Es konnte nur Ayşe sein, denn sein Herz klopfte laut. Dann sah er, wie sie ein Glas Wasser trank. Er kurbelte daraufhin hektisch das Fenster runter und schrie:

„Neeein, Ayşeee, Du darfst das Wasser nicht triiinkeeen!"

Sie konnte Harald aber nicht hören. Sie setzte abermals zu einem beherzten Schluck an und stellte das Glas wieder auf den Tisch. Harald versuchte indes vergeblich die Tür des Autos zu öffnen.

„Es hat keinen Zweck, Harald. Die Kindersicherung ist aktiv."

sagte Wolfram sichtlich amüsiert.

„Bitte, bitte Wolfram, lass mich zu Ihr. Ich flehe Dich an."

Zur Überraschung aller, stimmte Wolfram zu und ließ Harald aus dem Auto.

„Wenn Du versuchst jemandem von unserem Vorhaben zu erzählen oder sonst dergleichen, dann bringe ich Deinen Vater um. Damit das klar ist."

Wolfram zückte seine Pistole und richtete sie auf Karl-Gustav während er dies sagte. Karl-Gustav schüttelte nur den Kopf und sagte zu Wolfram:

„Hast Du schon einmal daran gedacht in Texas zu Leben?"

„Deine überflüssigen Kommentare kannst du Dir getrost sparen, Karl-Gustav. Sie sind mehr als nur unangebracht."

Als Harald das Restaurant betrat, zitterte er am ganzen Körper. Er sah, wie Ayşe mit ihrem Handy rumspielte oder womöglich eine SMS schrieb. Sie saß ganz alleine am Tisch. Wie sie mit ihren zarten, beringten Fingern die Tasten betätigte. Für einen Augenblick wurde Harald neidisch auf das Handy. Die Kerze am Tisch brachte ihre wunderschöne, gebräunte Haut zum Schimmern. Ihr Gesicht wirkte melancholisch wie die Sonne beim Untergang. Ihre langen, welligen schwarzen Haare verdeckten ihren straffen Busen und streichelten die Tischkante. Harald war verzaubert vom Anblick dieser anatolischen Schönheit. Er schlich ganz langsam an ihren Tisch und sprach dann mit weicher Stimme:

„Hallo Ayşe! Schön Dich zu sehen. Wie geht es Deinem Kopf?"

Ayşe erschrak und lies das Handy aus der Hand fallen.

„Harald... was machst Du hier?"

„Ich war gerade unterwegs nach... als ich Dich hier drinnen ganz alleine sah und dann habe ich mir gedacht, ich frag mal wie es Dir so geht und... immerhin habe ich Dich ja bewusstlos ‚geköpft'."

stotterte Harald und lachte dabei künstlich.

„Danke, mir geht es gut. Ich habe sogar das Gefühl, dass ich nach unserem Zusammenstoß besser denken kann als vorher."

„Ach wirklich?"

„Ja!"

Dann mussten sie beide laut lachen. Sogleich beschwerte sich ein Gast.

„Oh Gott, das war bestimmt ein assimilierter Türke!" flüsterte Harald leise.

„Wie bitte?"

„Unwichtig. Wartest Du auf jemanden?"

Ayşe ging nicht auf die Frage ein.

„Wie lange warst Du weg? Wo warst Du all die Jahre? Als ich Dich beim Spucken sah, konnte ich meinen Augen nicht trauen... sag' mal, Dein Freund, dass ist doch der neue Superstar, oder? Er hat wirklich eine wunderschöne Stimme."

„Ach, Gerd. Ja, seine Stimme ist wirklich schön. Sorry, wenn ich Dich nochmals frage, wartest Du auf jemanden. Wenn ja, dann sollte ich lieber ..."

„Ich war mit meinem Verlobten zum Essen verabredet. Doch der hat mir vor wenigen Minuten abgesagt. Komisch! Das hat er noch nie gemacht. "

„Was meinst Du mit ‚komisch'?"

„Seine Begründung und die SMS! Er hat mir geschrieben, dass er morgen früh raus muss und deshalb zeitig ins Bett gehen wird. Das Wort zeitig hat er noch nie verwendet. Seltsam... normalerweise waren seine Nachrichten voller Grammatik- und Rechtschreibfehler. Aber die letzten waren alle fehlerfrei. Und seit wann ist ihm sein Schlaf wichtiger als ich. Ich hätte schwören können, dass dieser Typ sogar gekommen wäre, wenn man ihm zwei Stunden vorher beide Beine amputiert hätte. Na ja, mir soll es Recht sein. Entschuldige, dass ich Dich mit derartigem langweile, aber das alles ist schon mehr als merkwürdig!"

„Ist schon okay. Kein Problem. Du bist also verlobt?"

„Ja, leider!"

antwortete Ayşe bekümmert. Das Wort ‚leider' zeichnete sogleich Harald ein leichtes Grinsen ins Gesicht. Ayşe kam in Schwung und erzählte weiter:

„Nach unserem Zusammenstoß wurde sofort die Verlobung eingeleitet. Meine Familie hatte panische Angst, dass ihre anscheinend so makellose Ehre durch unsere Kollision beschmutzt werden könnte. Ahmet, mein Bruder ist so ein Idiot, sage ich Dir... Der hat meinen Eltern erzählt, Du hättest mich geküsst und ich würde auf Dich stehen. ‚Wie kann sich nur ein Moslem in einen Christen verlieben?' schrie mein Vater wütend. Meine Mama füllte ein dutzend Eimer mit ihren Tränen. Die Situation eskalierte. Daraufhin haben sie mich noch am selben Tag diesem Bergtürken Ismet versprochen... oh man, der Typ ist am ganzen Körper behaart. Kannst Du Dir das vorstellen? Der Typ ist ein lebender Beweis dafür, dass der Mensch vom Affen abstammt. Er müsste eigentlich der Todfeind aller Kreationisten sein. Und seine ständigen Liebesbekenntnisse, die sind so was von kitschig! ‚Ohne Dich geht für mich die Sonne nicht auf... Du bist die Atemluft, die mich am Leben hält... Ich werde sogar neidisch auf die Regentropfen, die auf Deine Haut fallen...'

Oh man, ich höre lieber auf. Ich krieg´ die Krise, wenn ich

an Ismet denke. Wie sieht es eigentlich bei Dir aus? Bist Du verheiratet oder hast Du eine Freundin?"

„Und, stehst Du auf mich?"

sammelte Harald seinen ganzen Mut zusammen.

„Wie bitte?"

sackte Ayşe leicht zusammen. Sie hatte in diesem Moment eher tröstende Worte erwartet.

„Ich meine, Dein Bruder hat doch gemeint, dass Du auf mich stehen würdest... ist da vielleicht ein Fünkchen Wahrheit dran?"

Ayşe, die ein paar Sekunden verharrte und womöglich während der Zeit Haralds Worte in Ihrem Herzen tanzen ließ, lachte dann voll süß und blickte schüchtern nach unten. Dann nahm Harald ihre Hand und strich sanft mit seinem Daumen über ihren Handrücken. Kaum dass die romantische Stimmung zu blühen begann, stand plötzlich Ayşes Bruder Ahmet am Tisch. Ayşe zog sofort ihre Hand weg und wurde kreidebleich. Harald ballte indes unterm Tisch seine Hand zu einer Faust.

„Diesmal werde ich als erster zuschlagen!"

ermutigte er sich.

„Hi, Schwesterchen, was machst Du denn hier?"

schaute dann zu Harald rüber, überlegte kurz und dann:

„Sie sind doch... Sie sind doch..."

Harald wollte gerade aufstehen und Ahmet eine zentrieren, als dieser ihm seine Hand reichte und sagte:

„Schön, dass ich Sie hier sehe. Es tut mir wirklich leid, dass ich Ihnen am Flughafen und in der Stadt eine verpasst habe. Ehrlich gesagt, weiß ich gar nicht so recht, was mich da

geritten hat. Ich hoffe Sie nehmen meine Entschuldigung
an?"

Langsam und vorsichtig reichte Harald ihm die Hand. Ayşe
beobachtete ungläubig mit offenem Mund die ganze Szene,
die sich gerade vor ihr abspielte.

„Freut mich, dass Sie meine Entschuldigung angenommen
haben. Übrigens, mein Name ist Ahmet. Aber Sie können
mich auch Alfred nennen, wenn Sie wollen."

Dann wandte er sich wieder zu Ayşe.

„Ach Schwesterchen, ich muss unbedingt was mit Dir besprechen."

Ayşe nickte nur zurückhaltend. Sie war so verdutzt, dass sie
nicht im Stande war etwas zu sagen. Sie blickte zu Harald,
doch der wich ihren Blicken aus.

„Am Samstag werde ich meinen Geburtstag feiern und ich
brauche noch einige Ideen."

Dann schaute er zu Harald,

„kannst gerne Deinen Freund hier, wie ist Ihr Name doch
gleich?"

„Harald."

„Harald kannst Du natürlich gerne mitbringen. Wird bestimmt eine saugeile Party werden."

Der Kellner brachte indes Ayşes Essen und kaum hatte er
es auf den Tisch gestellt, kostete auch schon Ahmet daran.

„Oooh, ziemlich scharf!"

keuchte er.

„Du liebst doch scharfes Essen?"

entgegnete ihm Ayşe.

„Schwester, Schwester! Du scheinst mich ja überhaupt nicht zu kennen. Wir sollten wirklich mehr zusammen unternehmen!"

Dann verabschiedete sich Ahmet:

„Viel Spaß wünsche ich Euch beiden noch. Ach Schwesterchen, wenn Du heute nach Hause gehst, dann wundere Dich nicht, wenn Du Mama und Papa torkelnd und singend siehst. Sie haben wie aus dem Nichts ihre Leidenschaft zum Wein entdeckt... Eine verrückte Welt ist das... und eins noch, Ismet ist ein Vollidiot. Harald wäre mir als Schwager viel lieber... tschüüüß"

Als er die letzten Worte sagte, war er schon an der Tür. Harald wusste nur zu gut was mit Ahmet geschehen war. Doch er durfte Ayşe nicht einweihen. Er blickte daraufhin nach draußen und sah Wolframs Andeutungen wieder in Auto zurück zu kommen! Harald hob seine Hand hoch und wollte damit signalisieren, dass er in fünf Minuten bei ihnen ist. Ayşe hingegen war total verwirrt. Sie wollte von Harald wissen, was da vor sich ging.

„War das eben wirklich mein Bruder? Ist hier irgendwo vielleicht 'ne versteckte Kamera? Wieso sind hier alle im Restaurant plötzlich so leise? Keine regen Unterhaltungen, lautes Gelächter, schreiende Kinder! Seit wann sind denn die Türken beim Essen so in sich gekehrt? Wieso rauchen die Leute nicht mehr? Was geht hier vor, Harald?"

Harald schwieg und schaute in ihre tiefen dunklen Augen. Er versuchte in ihnen zu baden. Er versuchte aus ihnen zu trinken. Als dann die orientalische Musik plötzlich in deutsche Volksmusik wechselte, erreichte Ayşes Verwirrung den absoluten Höhepunkt. Sie stand genervt auf und marschierte mit schnellen Schritten auf die Toilette. Nach drei Minuten war sie auch schon wieder da.

„Die Musik ist sehr sinnlich. Findest Du nicht auch?"

Harald nickte etwas unsicher.

„Ayşe, ich muss gleich wieder los. Würdest Du vielleicht mal mit mir Essen gehen? Ein Candle-Light-Döner vielleicht?"

„Ein Candle-Light was?"

antwortete Ayşe sichtlich verwirrt. Dann blickte Harald auf das fast leere Glas und flüsterte.

„Oh mein Gott!"

Ayşe zückte indes ihren Terminkalender und blätterte darin. Zuerst vorwärts, dann rückwärts.

„Also diese Woche habe ich leider keine Zeit. Aber nächste Woche Mittwoch… hätte ich ab 19Uhr Zeit."

Ayşes Bewegungen und Worte waren plötzlich so ergebnisorientiert. Ihre Augen strahlten auch nicht mehr dieselbe Leidenschaft aus. Dass sie das Essen dann schließlich genau wie Ahmet viel zu scharf fand, überraschte Harald in keinster Weise. Er hatte es bereits erwartet. Ayşe war assimiliert. Um ganz sicher zu gehen, stellte Harald ihr noch eine Frage:

„Wie viele Kinder willst Du mal haben?"

Ayşe lachte daraufhin laut.

„Wie kommst Du jetzt darauf? Also..."

überlegte, blickte zur Decke, runzelte mit der Stirn und biss sich auf die Unterlippe.

„Eins auf jeden Fall und wenn genug Geld da ist... dann

vielleicht zwei! Aber zu aller erst möchte ich Arbeiten und mein eigenes Geld verdienen. Vielleicht auch mal für ein Jahr ins Ausland..."

Harald küsste sie halb auf die Lippe. Sie zuckte zurück, grinste, hielt sich die Hände auf die Backe und sagte:

„Haraaald, Du bist ja ein richtiger Charmeur!"

„Bis..."

„Mittwoch 19Uhr!"

vervollständigte sie Haralds angefangenen Satz.

Gereizt machte Harald die Tür zum Auto auf und setzte sich rein. Wolfram sang daraufhin in einem misslungenen Sopran:

„Deutschland den Deutschen..."

Sie fuhren zurück ins Institut. Die Straßen waren gespenstisch leer zu dieser späten Stunde. Die assimilierten Türken waren alle Zuhause und lasen wahrscheinlich Bücher oder schliefen bereits oder träumten vom Eigenheim und einer sicheren Rente. So genau konnte man das nicht sagen. Eins war jedenfalls gewiss: Berlin bzw. ganz Deutschland war jetzt vollständig assimiliert. Mustafa saß im Flieger in die angebliche Heimat und Gerd saß am Fenster des Instituts und schaute untröstlich seinen ehemaligen Arbeitsplatz, die Minarette der Neuen Moschee, an.

Die darauf folgenden Tage waren geprägt von Hektik und umfangreichen Umbaumaßnahmen. Wettbüros und Dönerbuden wurden zum größten Teil zu Bierstuben. Reinigungsfirmen, Änderungsschneidereien wurden zu Anwaltskanzleien oder Versicherungsbüros. Die ganzen Spielautomaten und Billardtische wurden aus den Bibliotheken und anderen öffentlichen Einrichtungen entfernt und die klassischen, naturwissenschaftlichen Bücher wurden wieder aus dem Keller geholt und gründlich abgestaubt. Die U-Bahn war wieder gebührenpflichtig. Hunderte von Gesetzen wurden innerhalb weniger Tage eingeführt. Die meisten Gesetze waren dazu da, die bereits verabschiedeten Gesetze zu ergänzen - ein juristischer Teufelskreis! Auf den Artikel zum Schutze der Verunglimpfung des Deutschtums verzichtete man zum Glück. Die neue Moschee wurde Stück für Stück abgebaut. Die Minaretten, so hatte man beschlossen, sollten als Leuchttürme an der Nordseeküste dienen. Das Hauptgebäude der neuen Moschee wurde jedoch nicht abgebaut. Man machte aus ihr eine Kirche. Wolfram begründete dies mit heroischer Genugtuung:

„Die Hagia Sophia in Istanbul war früher auch einmal eine Kirche. Die Osmanen haben daraus eine Moschee gemacht. Wir tun es ihnen gleich. Jetzt sind wir quitt, Ihr Söhne des Halbmonds!"

Er erntete dafür tosenden Applaus. Wolfram war der neue Superstar. Die ersten Brocken vom Brandenburger Tor waren bereits aus Shanghai eingeschifft. Die Kanzlerin hatte ihr Wort gehalten. Die Chinesen konnten dem Patent einfach nicht widerstehen. So etwas wie das Copyright sollte es in Zukunft nicht mehr geben. Durch das Patent, war das Original von der Fälschung ja nicht mehr zu unterscheiden. Die Kanzlerin hätte sogar von den Chinesen ganz Shanghai und ihre gesamten Reisreserven dafür fordern können. So scharf waren sie auf das Patent. Doch die Kanzlerin war eine genügsame Frau. Als Physikern wusste sie nur allzu gut, dass die Natur auf langer Sicht Übertreibungen bzw. Ungleichgewichte nicht duldete. In ein paar Jahren sollte auf jedem Produkt ‚Made in China' stehen. Sogar auf der Schweizer Uhr und dem Harley Davidson.

Wolfram, dessen Profitgier durch den Handel mit den Chinesen grenzenlos beflügelt wurde, wollte noch zusätzlich Ostdeutschland an die Chinesen zu einem Dumpingpreis verkaufen. Doch die lehnten dankend ab. Sogar Putins Kinder waren an diesem Angebot nicht interessiert. Als er es ihnen schenken wollte, ergriffen sie panikartig die Flucht.

Den Terrorismus bzw. Al-Qaida hatte das ‚neue' Deutschland nicht mehr zu befürchten. Zu deutsch waren die Lebensumstände. Das schreckte sogar die fanatischsten unter ihnen ab. Das lag sicherlich auch daran, dass nur Schweinefleisch angeboten wurde. Sogar das Brot wurde mit Schweinefett zubereitet. Einfach alles. Selbst Wolfram empfand die neuen Bürger als ein wenig zu ‚deutschexzentrisch'. Öffentlich zugegeben hätte er es sicherlich niemals. Immerhin war er derjenige, der Deutschland bzw. die Deutschen neu geformt hatte.

Das Treiben im Land wurde ziemlich überschaubar und die Bürger von Deutschland waren berechenbar. Man konnte sogar ihre Verhaltensmuster mit einfachen mathematischen

Gleichungen beschreiben. Die Aussage ‚Der Mensch als Maschine' lag nicht mehr in unerreichbarer Ferne. Harald (der wie sein Vater und Gerd noch nicht assimiliert worden war) wirkte vor allem in Wolframs Augen noch zu optimistisch und glücklich, und stellte somit eine zu große Gefahr dar. Wolfram traute ihm nicht und versuchte immer wieder ihm ein mit Viren verseuchtes Wasser oder Essen unterzujubeln. Doch Harald wusste von diesem Vorhaben, des mittlerweile zum Innenminister ernanntem Wolfram, bescheid. So vergingen Tage. Harald lernte schon nach der zweiten Verabredung mit Ayşe ihre Eltern kennen. Harald fand Ayşe nicht halb so anziehend wie vor der Assimilation. Er hatte die Hoffnung aber noch nicht ganz aufgegeben. Er führte irgendetwas im Schilde. Harald verschwand jede Nacht heimlich auf den Dachboden des Instituts und arbeitete bis in die Morgenstunden. Vielleicht an einer neuen Theorie für die Rückassimilation?

Karl-Gustav war anfangs noch zuversichtlich, doch mit der Zeit ging ihm das zuviel Deutsche auf die Nerven. Wenn er z.B. mit seinen Freunden Trinken oder Essen ging, zahlte jeder seine eigene Bestellung. Niemand gab mal einen aus. Er wohnte in einem fünfstöckigen Appartement und hatte es immer noch nicht geschafft, einen seiner Nachbarn kennen zu lernen. Sie waren wie Geister. Man hörte, aber sah sie nie. In den Bussen, Zügen und in den Cafés wollten alle möglichst alleine sitzen. Die Kontaktfreude des Volkes war dem absoluten Nullpunkt nahe. All das und mehr machten Karl-Gustav sehr zu schaffen. Er befreundete sich immer mehr mit dem Bier und dem fruchtigen deutschen Wein an. Früher, als Berlin noch bunt war, konnte er mit nur ein paar Schritten in neue Welten eintauchen. Der Türke um die Ecke, der Italiener zwei Straßen weiter... Doch jetzt war dies unmöglich. Alle waren gleich gesinnt. Das einzig Positive war, dass die Wissenschaften wieder aufblühten. Jeden Tag gab es Vorlesungen, Podiumsdiskussionen und Buchvorstellungen. Das Wissen hatte wieder ihren gerechten Spitzenplatz. Doch Karl-Gustav war nicht zufrieden: „Was bringt es, wenn der Verstand hinreichend gefüttert wird und die Seele dabei verhungert?"

Achtes Kapitel

Der utopische Staat mitten im Herzen Europas

Gerd war nun auch assimiliert. Er konnte nicht länger den Qualen widerstehen. Zu sehr fehlten ihm seine Fans, die Aussicht von der Minarette, die türkischen Spezialitäten und die selbstlosen Charaktereigenschaften der Türken. Er stellte sich freiwillig, nachdem er tagelang kräftezehrend vor der Neuen Kirche für ein offeneres und herzlicheres Deutschland gesungen hatte. Die Leute hörten seinen Worten nicht zu, sondern hatten nur Mitleid mit ihm. Es gab sogar einige, die ihm Geld gaben. Als der letzte Tropfen Hoffnung in ihm verdampfte, ging er schließlich zu Wolfram und flehte ihn um Assimilation. Auch Karl-Gustavs Widerstand bröckelte. Eine Gesellschaft ohne unterschiedliche Kulturen, wurde für ihn zunehmest eine unerträgliche und sterile Gesellschaft. Sie wurde für ihn zur Hölle. Er ging in das Institut um seinen Geist für den Rest seines Lebens zu glätten. Er stellte ein Glas Wasser, das mit den Viren befallen war, vor sich auf den Tisch und schloss seine Augen, nahm es in die Hand...

„Nein Vater, trink nicht!"

kam Harald schreiend angerannt. Der Vater hatte die Schnauze voll und wollte die letzten Jahre seines Lebens in Frieden verbringen. Er ignorierte Haralds Worte. Gerade als er zum Gnadenschluck ansetzte wollte, schlug Harald das Glas aus seiner Hand weg.

„Bist Du verrückt geworden, Vater? Wie kannst Du nur so respektlos mit Deiner Seele umgehen? Komm mit. Ich muss Dir was zeigen!"

Dann brachte ihn Harald zu seinem heimlichen Arbeitszimmer auf dem Dachboden. Er machte ein kleines Safe, mit der Zahlenkombination 2-7-1-8-2-8 auf und holte eine Fernbedienung heraus. Karl-Gustav sah seinem Sohn fragend zu.

„So, das wird alles wieder rückgängig machen."

und legte dem Vater die Fernbedienung in die Hand. Karl-Gustav inspizierte es genau und sagte:

„Weißt Du wie lange ich schon diese Fernbedienung gesucht habe?"

„Diese Fernbedienung dient zur Rückassimilierung. Es wird alles wieder so sein wie früher! Es wird sogar viel besser werden als früher!"

„Willst Du mich vielleicht auf den Arm nehmen, Sohn? Ich bin gerade wirklich nicht in bester Stimmung."

Der Vater drückte Harald die Fernbedienung in die Hand und sagte:

„Ich werde meinem Geist jetzt ein Ende setzen. Bitte halte mich nicht auf. Sonst muss ich Dich zum ersten Mal als Vater schlagen."

Karl-Gustav war schon an der Tür.

„Vater, Du darfst sogar die Parameter bestimmen. Wir können im Grunde genommen eine neue Assimilation durchführen. So wie es vorher war, darf es auch nicht wieder werden. Mit Deinem Feingefühl können wir die beste, fruchtbarste, gerechteste, bunteste... Nation schaffen. Es funktioniert, das musst Du mir glauben. Sogar viel einfacher, innovativer und kostengünstiger."

Karl-Gustav wurde neugierig und wandte sich von der Tür ab. Er lief zu Harald um die Fernbedienung näher zu betrachten.

„Wie soll denn das Ganze funktionieren?"

„Das ist ein wenig kompliziert..."

„Ich höre, Sohn!"

sprach er im militärischen Ton. Harald überlegte, wie er seinem Vater die Theorie am einfachsten beschreiben bzw. erklären könnte. Er wollte sie möglichst holistisch und kontemplativ erklären. Karl-Gustav wurde ungeduldig.

„Wenn das nur ein Versuch von Dir ist mich von meiner Assimilation abzuhalten, ist er misslungen. Ich gehe jetzt runter."

„So hör doch, Vater!"

„Harald Du bräuchtest sicherlich für Deine Unternehmung ein äquivalentes Labor wie das in der Schweiz? Da ich keines der Apparaturen und auch keine 30 Millionen sehe..."

„Aber Vater, das menschliche Gehirn ist das beste, umfassend ausgestattete und teuerste Labor das es gibt! Der Mensch ist sogar im Stande das ganze Universum in sein Kopf zu stecken... Das hast Du mir doch von klein auf immer eingebleut ..."

Das letzte berührte Karl-Gustav sehr. Harald hatte mit seinem Appell Erfolg. Der Vater war bereit ihm zumindest ein paar Minuten zuzuhören.

„Also ... hmmm... Du hast sicherlich schon von der Stringtheorie gehört? Wie Du sicherlich weißt, gibt es laut der Stringtheorie noch weitere Dimensionen als die von Einstein postulierten."

Karl-Gustav nickte und man konnte sehen, dass sein Interesse proportional zur verstreichenden Zeit stieg.

„Diese Fernbedienung ist im Stande so etwas wie elektromagnetische Wellen zu senden. Daran ist nichts Besonderes, ich weiß. Aber was das Besondere ist, ist das dieses Ding die Wellen bzw. Harmonyonen in der sechsten Dimension senden kann. Und das sogar mit mehrfacher Lichtgeschwindigkeit."

„Nichts kann sich schneller bewegen als das Licht. Du hast wohl Einstein nicht verstanden?"

entgegnete ihm der Vater mürrisch. Doch Harald hatte eine mehr als befriedigende Antwort parat:

„Einstein sagt, dass kein Körper auf Lichtgeschwindigkeit beschleunigt werden kann, da seine Masse unendlich groß werden würde. Er sagt aber nichts über die aus, die sich bereits mit Lichtgeschwindigkeit oder schneller bewegen!"

Karl-Gustav verstummte als er dies hörte. Harald fuhr daraufhin mit der Darstellung seiner neuen Theorie fort:

„Wo war ich stehen geblieben? Ach ja... diese Harmonyonen können je nach Belieben mit der Assimili+- Sprache programmiert und eben mit dieser Fernbedienung ausgestrahlt werden. Die Harmonyonen sind von Natur aus Teilchen, die einen positiven Geist haben und hinzu kommt noch, dass eine unerklärliche Kraft der Gerechtigkeit in ihnen inne wohnt! So genau habe ich das auch noch nicht begriffen aber..."

Karl-Gustav war jetzt total verwirrt.

„Ich kenne Photonen, Gluonen, Pionen. Aber was zum Teufel sind Harmonyonen?"

„Ehrlich gesagt habe ich auch keinen Schimmer. Was ich aber weiß ist, dass die Dinger sich sehr gut für unser Vorhaben eignen und was noch wichtiger ist, ich weiß wie man sie manipulieren bzw. entsprechend programmieren kann. Es gibt sicherlich noch ein Dutzend weitere, noch exotischere Teilchen die ungeduldig auf ihre Entdeckung warten. Das Universum scheint voll davon zu sein. Na ja, eigentlich sind es gar keine Teilchen, sondern extrem dünne, vibrierende Fäden..."

„Wann können wir mit der Arbeit beginnen?"

sprudelte es hoffnungsvoll aus Karl-Gustav heraus.

„Sofort!"

„Sofort?"

„Ja, sofort!"

antwortete ihm Harald und schloss die Türe ab.

Gesagt, getan. Sie konnten ungestört arbeiten, da Wolfram und Kollegen mit nimmer enden wollenden Reformen beschäftigt waren. Insbesondere im östlichen Teil des Landes. Karl-Gustav eilte in die Bibliothek und lieh sich einige Bücher aus. Bücher wie ‚Das Prinzip Verantwortung', Mark Aurels ‚Selbstbetrachtungen, ‚Das Prinzip Hoffnung' von Ernst Bloch, die ‚Essais' von Montaigne, Schriften von Albert Schweitzer, Fromm, Al Ghazali, Ibn Sina, Karl Popper usw. Er war bis in die Fingerspitzen motiviert die perfekteste und harmonischste Nation zu erschaffen.

Ganz oberflächlich betrachtet konnte man sagen: Der einstige Deutsche bekam mehr Herz und Offenheit gegenüber Fremdem und der einstige Türke mehr Verstand und hervorragende Deutschkenntnisse. Natürlich war in Wirklichkeit alles viel komplizierter. Karl-Gustav fühlte sich während der Parametrisierung der Harmonyonen Gott ebenbürtig. Doch zugegeben hätte er dies niemals.

Nach etwa drei Tagen waren sie mit ihren Vorbereitungen fertig. Sie hatten die Parameter nach bestem Gewissen eingegeben. Harald überreichte ihm die Fernbedienung. Der historisch bedeutende Augenblick war gekommen.
„So Vater, der Zeitpunkt ist gekommen. Du kannst nun die Taste der Harmonie betätigen. Mögen die Harmonyonen ihre Arbeit nach bestem Gewissen verrichten."
Karl-Gustav holte tief Luft und sagte:
„Früher konnte man sagen: die Welt ist. Heute dagegen muss man sagen: die Welt geschieht."
und drückte auf die Harmonie Taste. Mit zehnfacher Lichtgeschwindigkeit rasten die Harmonyonen durch die sechste Dimension. Innerhalb einer Planck-Zeit wurde die der Bevölkerung von neuem assimiliert bzw. harmonisiert.

Harald und Karl-Gustav trauten sich zwei Tage lang nicht hinaus. Sie blieben auf dem Dachboden und beteten alle ihnen bekannten Götter an, dass ihre Harmonisierung erfolgreich war. Am dritten Tag begaben sie sich schließlich hinaus, denn die Harmonisierung musste verifiziert werden. Die wissenschaftliche Methode war die beste Methode des

Menschen. Daran bestand kein Zweifel. Ihre Falsifikation wäre für die beiden der schlimmste Albtraum gewesen. Das was sie dann zu Gesicht bekamen, übertraf ihre kühnsten Vorstellungen.

Deutschland avancierte zum Einwanderungsland Nummer eins. Italiener, Griechen, Spanier, einfach alle, die einst vor der tülliminatischen Unterdrückung geflohen waren, behausten und betrieben wieder ihre einstigen Häuser, Wohnungen und Geschäfte. Sogar die ausgewanderten Deutschen kehrten zurück. Türken, Deutsche, Araber, Griechen, Italiener lebten nun glücklich Tür an Tür. Deutschland wurde zu einem unschätzbar reichhaltigen kulturellen Eintopf. Juden gingen in die Moschee um den Dialog zu suchen. Christen und Moslems heirateten untereinander und impften sich gegenseitig Weisheiten ein. Die Weltreligionen tanzten gemeinsam einen Freudentanz nach dem anderen. Wenn man ihren Tanz beobachtete, sah es so aus als ob sie alle denselben Gott anbeten würden.
Die politische Führung bestand aus einem bunten Haufen Menschen mit den unterschiedlichsten ethnischen Wurzeln. ‚Ausländische' Kinder wetteiferten in der Schule mit größter Freude und gegenseitigem Respekt mit den deutschen Kindern in den Fächern Mathematik, Physik und Deutsch. Alles war auf das Beste bestellt. Wörter wie Integration, Parallelgesellschaften, religiöser Fanatismus verloren ihre Existenzberechtigung.

Als Wolfram die Harmonisierung wahrnahm, verfiel er in ein Delirium. Man brachte ihn nach Tübingen in den Hölderlinturm. Gerd wurde der bekannteste Ilahi[29]-Sänger des Landes, obwohl er ein gläubiger Christ war. Seine Stimme und seine hervorragende arabische Aussprache beriefen ihn quasi zu dieser Tätigkeit. Mustafa wurde zum Innenminister ernannt. Und Harald?

Harald heiratete die anatolische Prinzessin Ayşe. Sie erwarteteten bereits ihr erstes Kind.

Harald und Karl-Gustav stiegen nach Monaten wieder auf den Dachboden - wo sie einst die Harmonisierung durchgeführt hatten - öffneten das kleine Fenster, blickten auf Berlin und dann sprach Harald:

„Das ist die beste aller möglichen Welten."

„Ja, das ist sie, Sohn. Sogar Descartes hätte nicht daran gezweifelt!"

„Was ist mit Voltaire?"

„Ich denke, er hätte es mit einem Grinsen aufgenommen!" antworte Karl-Gustav und grinste dabei.

„Und was hätte Leibniz dazu gesagt?"

„Was habe ich euch gesagt?!"

Vater und Sohn klopften sich daraufhin zufrieden auf die Schulter.

---

29 Islam. religiöses Lied

Eines Tages ging Karl-Gustav in ein türkisches Café in Berlin. Sogleich wurde er von Türken, Deutschen, Italienern, Marokkanern, Griechen umringt und aufs herzlichste empfangen. Man brachte ihm eine Wasserpfeife und ein Glas türkischen Schwarztee, deren Inhalt durch die Strahlen der untergehenden Sonne geheimnisvoll schimmerte. Er nahm einen Würfelzucker und rührte solange, bis sich der Zucker vollständig auflöste. Der Zucker leistete zwar erbitterten Widerstand, doch hatte letztendlich keine Chance dem von Karl-Gustav mit aller Leidenschaft erzeugtem Strudel zu entkommen.

„So, jetzt kann der ernsthafte, konstruktive Dialog endlich beginnen!"

sagte er mit voller Zuversicht und nahm das kleine, wohlgeformte Teeglas in die Hand.

Zur gleichen Zeit, jedoch an einem anderen Ort, nahm Harald ebenfalls ein Glas Schwarztee in die Hand, hielt es gen die untergehende Sonne und sagte:

„Der erste Schluck vom türkischen Tee verunsichert die abendländische Seele. Doch auf dem Grund des Glases wartet die Symbiose der Kulturen."

ENDE

Total überflüssiges zum Schluß
Tausendmal schon gehört

Christian Morgenstern hatte einmal gesagt:
„Nicht da ist man daheim, wo man seinen Wohnsitz hat, sondern wo man verstanden wird."

Erlaubt mir das Zitat von C. Morgenstern ganz leicht anzupassen:
„Nicht da ist man daheim, wo man seine **Wurzeln** hat, sondern wo man verstanden und **respektiert** wird."

Ein einfacher, universeller Dreisatz wurde von Harald, Mustafa, Karl-Gustav und Ayşe formuliert, die ich Ihnen nicht vorenthalten möchte:

Ohne eine einheitliche Sprache:
Kein Dialog!
Dies hat zur Folge:
Keine konstruktiven, fruchtbaren Diskussionen!
Daraus folgt unmittelbar:
Missverständnisse und Konflikte sind vorprogrammiert!

Die Grundlage und Voraussetzung für eine harmonische Gesellschaft ist eine **einheitliche Sprache, die jeder Bürger des Volkes uneingeschränkt beherrschen muss!**

Das weiß doch jeder! Trotzdem schadet es nicht, es immer wieder von Neuem zu erwähnen, denn wie heißt es so schön:

Repetitio est mater studiorum
(Wiederholung ist die Mutter des Studierens)

Nachwort

Harald, Ayşe, Karl-Gustav und Mustafa wollten unbedingt noch etwas loswerden. Ich habe sie vergeblich vor den irrationalen Gefahren gewarnt und versucht Sie davon abzuhalten, doch sie wollten einfach nicht auf mich hören:

„Artikel 301 ist nicht anwendbar!"

Hadi bakalım kolay gelsin!
(Auf ein gutes Gelingen)

Danksagung

Ein riesen Dank an Aynur Dağdelen; ohne sie wäre dieses Buch in der Form niemals zustande gekommen. Sie hat mit ihrem kritischen Blick und Anmerkungen wesentlich zur Vollendung dieses Werkes beigetragen.

.

Weitere Bücher des Autors

L.I.E.B.E.
ISBN: 978-3833462887
Genre: Philosophischer Liebesroman

Dieses Buch vermittelt dem Leser einen sehr guten Einblick in die **L.I.E.B.E.** und Leidenschaft eines universell belesenen Mannes. Die Wortwahl des Erzählers ist dabei ausdrucksstark, tiefgründig und amüsant. Die Geschichte ist in fünf Kapitel unterteilt, wobei jedes davon nicht nur von einer Frau erzählt, sondern uns auch etwas von den Geheimnissen der Philosophie, Psychologie und Physik näher bringt. Der Leser wird zunächst der wunderschönen **L**aura begegnen, ohne jedoch mehr über sie erfahren zu können, da sie nicht als Freundin in Frage kommt. **I**sabelle ist da schon anders. Sie entjungfert ihn nicht nur, sondern wird auch für einen kurzen Zeitraum seine Freundin. Nach der reinen Sex-Beziehung zu **E**katerina kommen bei ihm erste Anzeichen von Liebe bei **B**arbara auf. Zu einer wahren Schönheit verwandelt, hat sich nicht nur ihr Äußeres verändert, sondern auch ihr Charakter. Auch diese Beziehung scheitert. Schließlich kommt es zu der Begegnung mit seiner Traumfrau. **E**sra scheint alles, was eine Frau haben muss, in einer Person zu vereinen. Leider scheint manchmal die Karriere eine größere Rolle in unserem Leben zu spielen, als uns lieb ist. Ist es das wert, dadurch die Liebe seines Lebens zu verlieren? Lesen Sie einfach selbst, wofür sich unser Erzähler entscheidet.

Pressestimme
Gespickt mit Zitaten voller Esprit und klug (sic!) platziertem Wissenschaftswissen ergibt sich ein nahezu geometrischer Roman, der von feingezeichneten Charakteren, spannendem Plot und wuchtiger Sprache gekennzeichnet ist. Liebe ist das Thema - selten wurden so gelungen Herz und Kopf gemeinsam angesprochen!
REH-ZENSIONEN, April 2007

Gastarbeiter Unser.
Sowie Worte an: Orhan Pamuk & Deutschland
ISBN: 978-3-8334-9861-9
Genre: Essay & Lyrik

Eine Lobeshymne auf die ersten Gastarbeiter in Deutschland.
Mit einem einführenden Essay, der den Leser auf die Gedichte
einstimmt.

Du hast gearbeitet, gearbeitet und gearbeitet.
Einfach viel zu viel Material verarbeitet.

*

Frühschicht, Spätschicht, Nachtschicht.
So wenige Stunden blieben Dir im Tageslicht

...

Man hat Dir nur gesagt,
dass es dort etwas kälter ist.
Pass ja auf,
dass Du nicht alles isst,
damit Du nicht erbrichst.
Sonst nichts.

Weitere Infos und Leseproben finden sie unter:
www.murad-durmus.de